あさひは失敗しない

真下みこと

Asahi never fails

Mashita Mikoto

講談社

あさひは
失敗しない

Asahi never fails

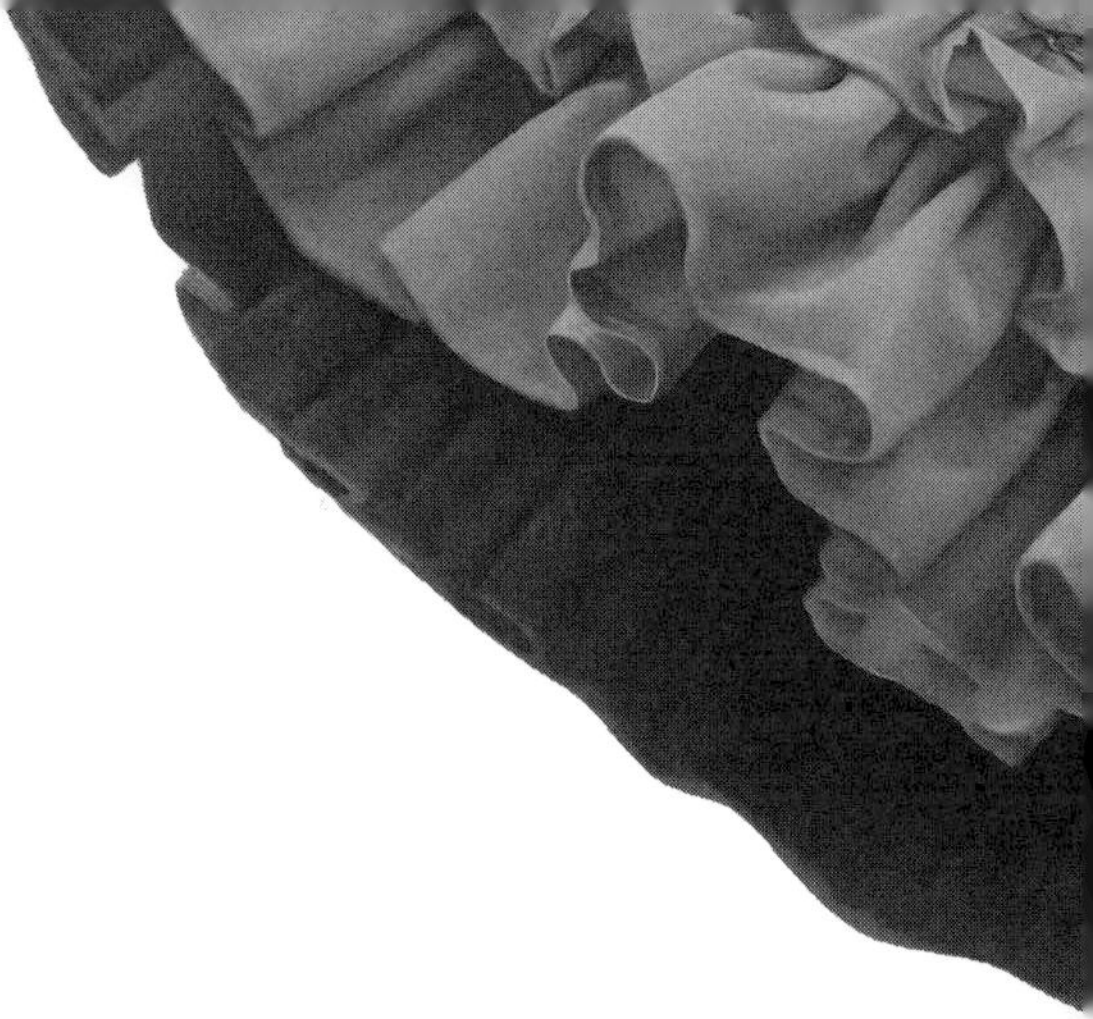

c o n t e n t s

プロローグ

「あさひは失敗しない」

最初にこのおまじないを聞いたのがいつのことだったか、私はよく覚えていない。幼稚園のお遊戯《ゆうぎ》会のときだったかもしれないし、料理のお手伝いをしていたときかもしれないし、ピアノの練習をしていたときかもしれない。

とにかくお母さんは、さりげなく、お弁当のピーマンを小さく刻んでくれるように、私の心配事をあらかじめよけたり、小さくしておいたりしてくれる人だった。私が、失敗しないように。

＊

小学一年生の五月ごろから、ピアノを習うことになった。家の近くにあったピアノ教室に、お母さんに手を引かれて訪れた。先生が優しいと評判のピアノ教室で、体験レッスンを受けてすぐに入りたいと私は言ったらしい。

週に一度一時間のレッスンで、毎年十一月に発表会があり、私も半年ほどで発表会に出ることになった。バイエルやソルフェージュなどの基本的なレッスンは、学校の勉強みたいにつまらなかった。だけど先生が選んだ何曲かの中から、弾《ひ》きたい曲を自分で選ぶことができた。

先生は怖くないけれど、毎週のレッスンで練習の成果を見せるのは怖さがあった。先生はとても音楽を愛している人で、私はそこまでではなかった。だけど先生はみんなが音楽を好きだろうという仮定の下でレッスンをするので、練習したくない、という生徒の気持ちがわからないみたいだった。

日曜日、私は風邪をひいて寝込んでいた。月曜日の十七時からピアノのレッスンだった。明日までに予習しなきゃいけない楽譜をまだ、ちゃんと読めていなかった。

「あさひが後悔しないなら、明日のレッスンをお休みしたいって先生に連絡するけど、どうする?」

お母さんはそう提案してくれたけど、私は行くと言った。一度レッスンを休むと、その分発表会の練習が遅れると思った。絶対に後悔しないという自信がなかった。

「レッスンは行くけど、ちゃんと弾けるか心配なの」

私の頭を撫《な》でてくれているお母さんに、呟《つぶや》くように言った。お母さんは優しい笑顔になって、おまじないをかけてくれた。

「大丈夫。あさひは失敗しないから」

翌日、朝早く起きてピアノの練習をすることにした。提案してくれたのはお母さんだった。テキストの二十四ページの曲の最初の八小節が、今回予習しておいてと言われたところだ。お母さんは私と一緒に早起きして練習に付き合ってくれた。学校に行って帰ってきて、同じところをまた練習した。電子ピアノの音を小さくしていたからあまり聞こえなかっただろうけど、お母さんは褒めてくれた。

教室に行って、先生に演奏を聴いてもらった。ほとんど一日しか練習していなかったからあまり上手には弾けなかったけど、先生は満足そうだった。

「あさひちゃん、鼻ぐずぐずしているけど、もしかして風邪ひいてた？　体調が悪いのによく頑張ったわね」

そう言って、先生は甘いミルクティーを出してくれた。お母さんのおかげで、私は失敗しなかった。

第1章

　玄関の姿見と自分の部屋を三往復したあたりで、掃除機の音が止まった。姿見の前に立つ私はどこか垢抜《あかぬ》けなくて、大学に慣れてきた二年生というよりは、地方から出てきたばかりの一年生という感じだった。

「洋服、決まらないの？」

　お母さんの声がする。んー、と唸《うな》るような声を返して、トレーナーをワイドパンツにインしてみる。ウエストのあたりがもこもこしてしまって、いつもよりも太って見える。廊下を歩く足音が聞こえて、鏡のフレームの中にお母さんが現れる。

「洋服、決まらないの？」

「んー」

　また同じやりとりをして、お母さんが呆《あき》れたように優しく笑った。

「いつもの格好でいいじゃない。今日何かあるんだっけ？」

「うーん……」

「お母さんも選んであげるから、お部屋行こっか」

そう言ってお母さんは私の手を引く。私の部屋を見回すと、いつも綺麗《きれい》にしていることを褒めてくれる。

「……あら、こんなアイシャドウ持ってたっけ？」

「この前買ってみたの。メイクをちゃんとしてみようって、最近思ってて」

「だったら今度デパートで化粧品一式買ってあげる。せっかくメイクするなら、いい化粧品のほうがいいでしょ」

お母さんがクローゼットを開きながら、今日の予定を聞いてくる。

「飲み会。みちるちゃんと」

「みちるちゃん？　律子《りつこ》ちゃんじゃなくて？」

「そう。誘われたんだ」

「その子はなんのサークルに入ってるの？」

「学委……。あ、生協学生委員会」

「あら、じゃあ真面目な子なんだ」

喋《しゃべ》りながらも、お母さんはクローゼットの中身を素早く確認している。ハンガーが動く音が規則正しく流れて、その音が心地いい。

「飲み会だったら、いつもより可愛《かわい》い洋服がいいかもね」

「そうかな」

「せっかくだもん、可愛い服にしよう?」

「うん」

「あ」

お母さんの手が止まる。ハンガーが動く音も同時に止まり、振り向いたお母さんと目が合った。

「その飲み会、男の子はいないよね?」

目をじっと覗《のぞ》き込まれて、思わずそらしてしまう。

「いないよ」

「そう、なら良かった。これとかどう?」

お母さんの手には緑色のロングスカートがあった。通販で買ってみたけれど、何と合わせたらいいかわからなくて一度も着たことがないやつ。

「いい、かも。でも何合わせたらいいのかな」

「そうねえ」

ハンガーの音がまた聞こえる。お母さんは洗濯物を畳んですぐに仕舞っておいてくれるから、私のクローゼットの中身を私よりも知っている。

「緑と合わせるなら、やっぱり白かな。黒も可愛いけど、ちょっと重たいもんね」

私に話しかけているようで、お母さんは一人で喋っている。そうだね、と一応相槌《あいづち》を打つ。

「とりあえず、スカート穿《は》いてみて。お母さんがいくつか上を選んどくから、姿見で合わせてみよう」

「ここで着替えればいい？」

「リビングに行ってもいいけど……。お母さん、クローゼットから後ろ向かないようにするからここでどうぞ」

「はーい」

ベッドにスカートを置き、さっきまで穿いていたワイドパンツのファスナーを下ろす。脱ぐと太ももがスッと涼しくなり、スカートを穿いても涼しさは変わらない。七月になったのだから、長ズボンよりもスカートのほうが涼しくていいかもしれないと自分を納得させる。

「穿いたよ」

お母さんの背中に声をかける。お母さんはすでに何着かピックアップしてくれていた。

「あ、可愛いね。じゃあ玄関行こうか」

玄関の電気をつけて、お母さんは洋服屋の店員さんのモノマネをしながら、次々と服を合わせてくれる。

「こちらのブラウスは透け感がありますので夏でも涼しく着ていただけると思いますよ〜！　今日はスカートに合わせていただいてますけど、デニムにも合いますし」

「もう、何それ」

「ふふ。ちょっとやってみたくなっちゃった。でも本当に似合ってるよ。白いブラウスと緑がとっても上品な感じ」

「ありがとう」

鏡の中の私はもちろんいつもどおりの顔をしていたのだけど、いつもは穿かないスカートを穿いているからか、ちょっと大人っぽく見える気がする。

それから、さっきのトレーナーとかTシャツとか、サマーニットもお母さんが合わせてくれたけれど、ブラウスが一番可愛いと言われたので、自分の部屋に戻ってちゃんと着てみることにした。

白いブラウスには胸元にリボンがついていた。着るときにほどけてしまった蝶々《ちょうちょう》結びをやり直して、裾《すそ》をスカートに入れてみる。袖《そで》は透け感のある素材だから、七分袖だけど暑くはなかった。私は自分の太い二の腕が嫌いなのに、ほんのり透けた私の腕は、ブラウスの色のおかげでいつもよりも白く、綺麗に見える。

玄関に戻ると、お母さんが可愛いと言ってくれた。

「あ、でもちょっと待って」

そう言って、お母さんはさっき私が結んだばかりの蝶々結びをするっとほどく。リボンを結び直すお母さんの後頭部を鏡越しに見ながら、私はお母さんが大好きだと思った。

「はい、できた」

鏡を見ると、さっきよりもふんわりと結ばれたリボンがかわいい。

「ありがとう」

スマホを開くとお母さんが覗き込んできて、まだ九時半だと二人で確認する。午後からのテストには余裕で間に合う。

「テストを受けてから飲み会ね。カレンダーに書いてくる」

そう言ってお母さんはリビングに歩いていく。食卓の卓上カレンダーに、私の予定を赤い文字で書くのだろう。私は自分の部屋に戻って持ち物を確認した。昨日お酒を飲んだからか、少し頭が痛い。だけど今日のテストは持ち込み可だから、きっと大丈夫。

「あさひー」

お母さんの声に返事をして、筆箱とプリントをトートバッグに詰め込む。この服装にトートバッグはカジュアルすぎかもしれない。後でお母さんに聞いてみよう。

リビングの食卓にお母さんが一人で座っていた。お父さんは毎朝早くに会社に行くから、私が出かければお母さんは一人ぼっちになる。

「今日は何時くらいに帰ってくるの？」

「うーん、わかんない」

「じゃあちょっとスマホ貸して」

よくわからないまま、スマホを渡した。ロックを解除するように言われて、番号を入力する。

また手渡すと、お母さんは何か検索を始める。

「このアプリ、入れてもいい？」

表示されていたのはスマホの場所を検索できるアプリだった。子供の防犯、家族の情報共有に、と書いてある。

「お母さんのスマホからあさひの現在地がわかるようにできるの。飲み会で遅くなって、終電逃しちゃったら検索して迎えに行ってあげる」

「へえ」

そんなアプリがあることを初めて知った。お母さんに居場所を知られて困ることもないので、インストールして設定を進める。私からお母さんの居場所を検索できる設定は、お母さんがオフにしていた。

「お母さんの居場所わかってもね」

「そうだね」

設定は簡単に終わり、試しにお母さんのスマホで検索すると、地図のうちのあたりに青い円が表示される。

「こんなのあるんだね」

「今朝ニュースで見たの。スマホを持ってる小学生に、このアプリを入れてる親御さんのお話が紹介されてて、便利そうって」

「そうなんだ」

「じゃあ、門限の十一時を過ぎても連絡がなかったら、お母さん検索しようかな。ほら、あさひのスマホはデータ通信ＳＩＭだから、いざというとき一一〇番できないでしょ？」

「ありがとう、助かる」

どういたしまして、とお母さんが笑う。

「あ、この格好にこのトートバッグっておかしいかな？」

気になっていたトートバッグのことを相談してみる。

「ううん、可愛いと思うよ」

「そう？　よかった」

「靴は決めたの？」

「まだ。靴下穿いたほうがいいかな」

「ストッキングのほうがいいと思う」

「わかった。穿いてく」

どの靴が合うかを玄関で話した結果、大学に入ってすぐに買ったバレエシューズを履くことになった。部屋に戻ってストッキングを穿き、忘れ物がないかをもう一度確認してから、お母さんの待つ玄関に向かった。

「行ってきます。どこか変なところないかな」

「んー……。大丈夫。似合ってる」

「ありがとう」

バレエシューズに足を入れて、姿見でもう一度確認する。お母さんが胸元のリボンを整えてくれる。少し曲がっていたみたい。

「じゃあ、行ってきます」

「行ってらっしゃい」

二人で笑い合ってドアを開けると、

「あ」

お母さんが思い出したように言った。

「アプリ、うっかり消さないようにね」

「え、消さないよ」

「使わないだろうから、うっかりってこともあるかと思って」

「気をつけるね。行ってきます」

「鍵《かぎ》閉めとくねー」

「ありがとう」

ドアが閉まる。私はバッグにスマホが入っているかどうか確認し、駅に向かった。

大教室のテストは座席が学籍番号で指定されていたから、友だちと話す時間はなかった。手元のプリントのどこに何が書いてあるかを確認する。この授業は出欠を取らなくてテストだけで成績が決まるからか、普段の教室よりも人が多い。机の上に学生証を出して、テストが始まるのを待った。

スマホを開くと入れたばかりのアプリが見えた。お母さんに言われたから入れてしまったけど、安全なやつなんだろうか。アプリストアに接続して検索をかける。特に危ないというレビューはなさそうだった。その代わり、彼女のスマホに勝手に入れて浮気の現場を押さえたとか、いつの間にかこのアプリが入っていた場合にどうしたらいいのか、というコメントを見かけた。

ストーカーや、彼氏からの束縛の話を見かけるたびに、どうして赤の他人をそこまで信用するのだろうと思ってしまう。知らない人にスマホを渡さない、というのは一般常識のようなものなのに、恋愛がからむと急に心のハードルをみんなが下げることが、とても不思議だった。

あたりが静かになり、前を見ると試験監督の人たちが教卓の周りに集まっている。慌ててスマホの電源を落とし、テストに頭を切り替えた。

テストが終わってからスマホの電源を入れると、お母さんから何か事故でもあったのかとラインが来ていた。なんのことかはよくわからなかったけど、テストを受けていただけだと返信しておいた。

「あさひ、一緒に帰ろ」

肩を軽く叩《たた》かれ、顔を上げると律子がいた。肩にかかる薄い黒髪に、化粧っ気のない顔。今日も眉《まゆ》は描いてないから、少し間抜けた表情に見える。ガウチョパンツとカットソーはどちらも無地で、よく言えばシンプル、悪く言えば地味な雰囲気を醸《かも》し出す。

テスト終わりの学生ラウンジは今日も混《こ》んでいて、イヤホンを外すといろいろな音が一気に耳の中に入って溢《あふ》れる。

「ごめん、今日は予定があって」

「予定?」

「うん、まあ」

なになに、と律子が隣の席に座る。窓際の席、特に日が当たらなくて夏なのに変な寒さとジメジメした空気が流れる左端《ひだりはし》は人気がなかった。

「あさひっていつもこの席にいるよね」

律子は私のパソコンのすぐ近くに自分のリュックを置き、モニターを覗き込む。

「帰るんじゃないの?」

「あさひさんのデートの相手が気になって」

「別にデートじゃないけど」

「えー、そんなふうにぼかされると余計に気になるしなんか心配ー」

「いや大した用事じゃないって」

パソコンを律子から遠ざける。この子は私のパソコンやスマホを覗く癖《くせ》があった。私以外の人にそうしているのは、今のところ見たことがないけれど。

「え、てかあさひ」

律子の話を聞いているふりをしつつ、終わったレポートのフォントをゴシック体に変えては明《みん》朝《ちょう》体《たい》に戻して時間を潰《つぶ》す。

「ねえ、今日スカートじゃん」

「え」

うるさいはずの学生ラウンジが、急に静かになる。

「いつも大学に来るときはワイドパンツとかなのに」

絶対デートじゃん、と律子がはしゃぐ。相手が誰か聞くのをやめて、普段の私の格好がいかに地味かという話を始める。

「あさひのスカート姿見たの、大学一年のときの制服ディズニー以来かも」

「そんなことないでしょ」

律子の言葉を否定して笑ったつもりだけど、うまく笑えたか、自信がない。

「気合入ってるみたいに見えるかな……」

ほとんど独《ひと》り言《ごと》みたいに言うと、右隣から呆れ笑いのようなどろどろとした笑い声が聞こえた。

「いいんじゃない？　みちるちゃんとかはもっといつも、気合入ってます、って格好してるし」

「そうかな……」

パソコンを閉じる。音が立たないように、不機嫌に見えないように、慎重に閉じる。

「なんで用事教えてくれないの？」

なんで律子に教えないといけないの、と口から出かけて、なんでだろうね、と苦笑いを浮かべる。

机の上に置きっぱなしにしてたスマホが光って、文字が映る。

【谷川翔太《たにがわしょうた》：民法おわった】

【谷川翔太：いまラウンジ？】

何か言わないと、と思ったところで、律子がひょいと椅子《いす》から降りる。黒いリュックを引っ張り、冷やかすような笑みを浮かべて、応援してるよ、と言った。

「谷川くんとのデート」

「だからデートじゃないって」

「じゃね」

情報を得ることができて満足したのか、律子はそのまま帰ってしまった。

スマホの画面を軽くタップして、谷川くんから送られてきた文字を眺《なが》める。メッセージに触れると、谷川くんとのやりとりが表示される。

【ラウンジにいる！】

【窓際の端っこの席〜】

送信ボタンを押して画面の中に文字が増えるのが、なぜか嬉しい。同時に、お母さんに嘘《うそ》をついてしまったことに対する後ろめたさにも襲われる。だけど男の子がいると話したら、お母さんはきっと許してくれない。

その後すぐ、谷川くんとみちるちゃんがやってきて、もう一人のメンバーである瀬戸正志《せとまさし》くんは先に居酒屋に行ったと教えてくれた。二人は今日も美男美女で、服装も洗練されていて、いかにも都会の大学生という感じだ。谷川くんはグレーのノーカラーのシャツに黒いスキニー、みちるちゃんは白いワンピースを着ている。お母さんと一生懸命選んだ服を着てもなお、地味な自分が恥ずかしくなった。


「かんぱーい」

みちるちゃんと谷川くんは動画、おそらくインスタのストーリーを撮っている。谷川くんはすぐにビールのジョッキを半分ほど空けて、私の隣に座るみちるちゃんはファジーネーブルをひと口だけ飲んでいる。真似《まね》して頼んだファジーネーブルは、昨日練習で飲んだハイボールみたいに苦くなくて、ほとんどオレンジジュースみたいな味がする。

「あ、すみません」

斜め向かいから瀬戸くんが声をあげる。外国人であろう店員さんが来て、注文ですか、とロボットみたいな正確さで口を動かす。

「生一つ」

瀬戸くんは飲み終わる前に次のお酒を頼む。ポップアートが印刷された赤いTシャツは目立つけれど、居酒屋によくなじんでいる。私は飲み会でどう振る舞うのが正解なのかよくわからず、ちらちらとみちるちゃんの様子を見ていた。

不思議なメンツ。

みちるちゃんと谷川くんは付き合っていて、瀬戸くんと谷川くんはもともと仲が良くて、私とみちるちゃんはまあ、たまに喋る程度。私以外の三人は普段からよく遊んでいるみたいで、なぜかそこに私が呼ばれている。

「やっぱ女の子いるといいわ」

瀬戸くんが大きな声で笑う。お通しで出されたやみつきキャベツのかすみたいなものが、その拍子《ひょうし》に口から飛ぶ。

顔をしかめそうになるけれど、みちるちゃんが隣で笑っていたので一緒に笑う。

「瀬戸くんって面白いね」

「でしょ、正志って本当にアホでさ、この前もほら、オケオールしたときさ」

みちるちゃんが瀬戸くんに話を振る。その横顔がとても楽しそうだったので、きっと今の発言は正しかったのだ。谷川くんの名前を出さなかったのは、みちるちゃんへの配慮だ。彼氏を面白いと言われたら嫌な気持ちはしないだろうけど、そこから私と谷川くんが仲良くなったら心配になるだろうと思った。

「てかさ」

瀬戸くんがジョッキをテーブルの上に置く。ガチャ、という大きい音がして、私はちょっとこの人が苦手だとわかる。

「その瀬戸くんって呼び方、やめて」

「え？」

顔がこわばる。おしぼりをつかんで、ぎゅっと握る。私は、何か間違えてしまったのだろうか。

「苗字呼び、なんか冷める。テンション下がるわ」

「えー正志辛辣《しんらつ》ぅ」

みちるちゃんは軽く笑うと、ビールひと口ちょうだい、と谷川くんに話しかける。

「お前ビール飲めないじゃん」

「飲めるし」

二人がはしゃいでいるので、私はできるだけ静かにしていようと思った。

どうして今日、来ちゃったんだろう。

みちるちゃんと谷川くんは美男美女が集まるサークルとして名高い学委に入っている。委員会って名前がつくからお母さんは真面目なサークルだと勘違いしていたけれど、実際は顔で選ばれる、きらびやかなサークル。瀬戸くんだって、有名な男子チアサークルの人だ。私は、なんていうか、場違いだ。

友だちとお酒を飲むのだって今日が初めてだ。みんながどんどんグラスを空けるなか、ちびちびと飲んでいる私は浮いている。

「正志って呼んで」

「え……」

瀬戸くんはスマホのカメラをこちらに向けている。きっと、インスタのストーリーだ。

「正志……くん」

誰かの鼻で笑う音がして、場が白《しら》けてしまった。私のせいだ。

「ごめん」

「じゃあ一気いっとく?」

瀬戸くんが笑い、谷川くんが俺のことも名前で呼んでとはしゃぐ。

それからホストクラブのような騒ぎ声をみんながあげて、私はどうしたらいいかわからなくなる。

「え、あさひちゃんってもしかして」

みちるちゃんが大きな目をさらに大きく見開く。その拍子にまぶたのラメがキラキラと、目に刺さるように光る。

「コールとか、初めてな人？」

「え」

「まじ？」

「サークル入ってるよね？」

「この反応はまじだ」

「やば」

「ごめんねこんな治安悪い飲み誘っちゃって」

みちるちゃんが今日一番楽しそうに笑う。私もあわせて笑顔を作ってみたけれど、うまく笑えている気がしない。

「あさひちゃんって、本当に真面目なんだね」

「そんなこと……」

「純粋なあさひちゃん、私が守ってあげなきゃ〜」

みちるちゃんはそう言って私に抱きつき、谷川くんたちは薄く笑う。

飲み会も、一気飲みも、初めてだったから。

本当に、初めてだったから。

二十歳《はたち》になるまでお酒を飲まないことにしていたら飲み会に誘われなくなっちゃって、今日の飲み会のために、テスト前なのに家でお酒を飲む練習をしたから。

「お手本見せてあげるよ」

谷川くんが瀬戸くんに大きい声で何か言う。手拍子と一緒にみちるちゃんも同じ言葉を口にする。知らない。私はこんなの知らない。瀬戸くんがジョッキに入っているビールを一気飲みする。みちるちゃんたちは嬉しそうに笑い、私はうまく笑えない。

お酒を飲みすぎると危ないって、保健の教科書に書いてあったのに。救急車で運ばれて死んでしまうから気をつけろって、入学のときのガイダンスでも言われたのに。

だけど、ここではこれが正しいことなのかもしれない。

私も。

私もやらないと。

ファジーネーブルはまだ三分の二くらい残っていた。グラスを両手でつかむ。みちるちゃんが瀬戸くんを見るのをやめて私のほうを見る。谷川くんは手拍子を続けて笑っている。グラスに口をつけ、傾ける。液体が口の中を満たし、喉《のど》を使ってそれを飲み込む。全部飲まなきゃ。全部……。

「あさひちゃん！」

みちるちゃんの声がしたのと同時に、誰かが私のグラスをひったくる。ちょっと中身が零《こぼ》れて、お母さんに結んでもらったブラウスのリボンが濡《ぬ》れる。顔を上げると谷川くんと目が合う。彼は私のファジーネーブルを軽く混ぜて、それからグラスを一気に傾けると、あっという間に飲み干した。

私の飲み物を、飲んでくれた。みちるちゃんの彼氏なのに、私のことを、心配してくれた。

「翔太、あさひちゃんに甘すぎじゃない？」

大きい声で瀬戸くんが騒ぐ。

「俺の飲みっぷりも見てほしかったんですけどー」

瀬戸くんは軽く笑うと、トイレ、と言って席を立つ。目で見送ると、

「あさひちゃん大丈夫？」

谷川くんが私の目を覗き込む。美しい末広がりの二重《ふたえ》で、メイクしていないはずなのに涙袋も大きい。

「うん、ありがとう」

どうしよう。頬《ほお》が熱い。お酒を飲んだからなのか、ほかの理由なのかはわからない。

「なんか頼もうかな」

気まずくてメニューを開き、みちるちゃんが梅酒をロックで頼むとおいしいと教えてくれたのでそれを頼む。

瀬戸くんが帰ってくるころにみちるちゃんもトイレに立って、なぜか私の隣に谷川くんが座る。

「え、梅酒？」

「うん」

「あさひちゃん意外と飛ばすね」

「そうかな」

「……二人でいちゃつくのやめろしー」

瀬戸くんが拗《す》ねたように言うのがおかしくて、ごめんと笑って梅酒を飲む。俺にもひと口ちょうだいと谷川くんの声がして、いいよと答える前に谷川くんにグラスを取られる。

みちるちゃんは戻ってくると瀬戸くんの隣に座り、やはり飲み物をひと口交換したりしている。彼氏がいても彼女がいても、別に関係ないのだろうか。間接キスくらい、はしゃぐような歳《とし》じゃないのかもしれない。

それから、下ネタに聞こえるカタカナというお題で山手線ゲームをして、負けた人が一気飲みすることになった。

私も飲み会の雰囲気に慣れてきて、一気飲みも落ち着いてできるようになった。たくさん飲めば飲むほど、みんなが楽しそうに笑うから楽しい。

「あさひちゃん、もっと堅い子だと思ってた」

みちるちゃんにそう言われて、私は照れたように笑う。飲み会って楽しいんだなって、初めて思った。

ゲームで谷川くんが「スライスチーズ」と言ったのがおかしくて、私はずっと笑っていた。お酒を飲んでいると、正しいか正しくないかを考えなくてよくなるから、飲んでないときよりも楽になる。

店員さんが二時間経《た》ったので店を出てくれと言ってきたので、一軒目の居酒屋を出て、カラオケに移動する。そのころにはみんなヘロヘロになっていて、誰がお会計を払ったのかもあいまいだった。

移動中、谷川くんが私の肩に触れた。ブラウスが柔らかそうだから触ってみたかったと言う。私はありがとうとなぜかお礼を言い、明らかに酔っているみちるちゃんたちを見て谷川くんと笑い合う。

カラオケでは瀬戸くんがみちるちゃんに寄りかかっていて、それを見た谷川くんが笑いながらとがめていた。みちるちゃんは困ったように笑い、私はこの場でどう行動するのが正しいのかわからず、少しだけうつむく。

「ねえ」

谷川くんの低くてかすれた声が、するりと耳の中に入ってくる。みちるちゃんは私の知らないアイドルの曲を楽しそうに踊りながら歌っている。

「なに」

そう答えた私の表情は、正しかっただろうか。無駄に頬を赤らめていたり、変な勘違いをしているような表情を浮かべたりしなかっただろうか。

「タッチパネル取って」

「ああ……。どうぞ」

がっかりした気持ちを出さないように気をつけながら、私は谷川くんにタッチパネルを渡す。

私は、焦っている。何かを焦って、谷川くんを変に意識している。谷川くんは、みちるちゃんの彼氏なのに。スマホにはお母さんからラインが来ていて、終電で帰るかもしれないけど心配しないで、と送っておく。

それから谷川くんが歌った曲はありきたりなラブソングで、こんなに好きなのに的な、片思いの歌だった。歌い終わってすぐに、谷川くんのくちびるが私の耳元に近づく。

「俺、元カノに優しすぎるって振られたんだよね」

「……え?」

「いや、なんでもない」

いつの間にか、谷川くんに肩を抱かれている。振り払うことも、もたれかかることも、私にはできない。こういうときにどうするのが正解なのかわからない。渡された谷川くんのお酒を喉に流し込む。頭が、ぐらっと揺れた気がする。だけど頭は揺れていなくて、それがなんだかおかしかった。

カラオケを出ると、みちるちゃんに「気をつけてね」と耳打ちされた。私はあいまいに頷《うなず》いて、高田馬場《たかだのばば》の近くに住んでいるみちるちゃんたちを見送る。高田馬場駅に向かうのは、私と谷川くんだけ。

さっきまで谷川くんに抱かれていた肩は、じんわりとあたたかい。谷川くんは私より前を歩いている。私は置いていかれないように、たまに小走りになって、谷川くんを追いかける。

隣にいても何を話したらいいのかわからなくて、どうしようと考えていると、

「ねぇ、コンビニ寄らない？」

谷川くんが少し赤くなった頬を右手で押さえながら言う。「いいかもね」と、私はまた小走りで、彼についていく。

コンビニは、お昼時とは違う表情をしていた。たくさん並ぶ売れ残った商品の中から、谷川くんはワカメのおにぎりと、安い缶チューハイを手に取る。

「いらないの？」

そう言われて少し焦った私は、ほとんどノンアルコールのようなチューハイと、塩おにぎりを両手に持つ。

「かわいい」

と谷川くんが呟いた気がするけど、そんなことを言われる覚えはないので、私の願望だと思

う。塩おにぎりにかわいさを感じさせる要素は、一つもないから。

会計は、谷川くんが一緒に済ませてくれた。今日の飲み会もカラオケも割り勘だったし、サークルではお金を徴収されるから、私はいま、初めて男の子に奢《おご》ってもらったことになる。一つにまとめられたレジ袋を持って、谷川くんは駅とは違う方向に歩く。

「駅ってこっちじゃ……」

小さい声でそう言ったけど、谷川くんには聞こえていないみたいだ。酔っぱらってるの、と小さい声で言って、彼を追いかける。

名前のわからない川があって、橋の近くには低い柵《さく》があった。谷川くんはそこに腰かけて、自分の隣をぽんぽん、と右手で示す。私はいま、隣に座るのが正しいのだろう。

夜遅いからか、私たちのほかに人はいなかった。川の流れる音はあまり聞こえなくて、とても静かだった。今日は熱帯夜だとテレビのニュースで言っていたけれど、お酒を飲んで冷えたのか、私の手は冷たい。

渡された缶のプルタブを引く。プシュ、とはじけるような音がして、ちょっとだけ、お酒が溢れる。

「ださ」

谷川くんはそう言ってふっと笑ったので、私はとても幸せだと思った。今日何度目かわからない乾杯をしてから、二人でおにぎりを食べる。

「なんか、夜の遠足って感じだね」

そう言うと、谷川くんは少しあきれたように笑う。彼にとっては、こういうのは初めてのことではないみたいだ。浮かれていた自分が馬鹿らしくなって、少しだけ笑ってみせると谷川くんは、

「夜の遠足って、なんかエロくね」

と、かすれた声で言った。そんなことないでしょ、と言ってはみたもののなんだか気まずくなり、目をそらして空を見上げる。赤い星がとても綺麗で、でもすぐ後に点滅し始めたから、それは飛行機かヘリコプターだとわかった。

横を見ると彼はスマホで何かしていて、その横顔を見て、谷川くんが優しすぎるって振られたという話を思い出す。みちるちゃんとは大学に入って結構早くから付き合っていたはずだから、高校生のころの彼女だろうか。高校生のころから恋愛をする側の人だったんだなと思うと同時に、谷川くんを振った人を見てみたくなった。どんな子だったんだろう。だけど結局、二人きりになっても聞くことはできない。手に持つピンク色の缶が、ゆらゆらと揺れている。

少し眠くなり、あくびがでる。いつもだったらもう、寝ている時間かもしれない。

「ねえ、いま何時」

「あー終電？」

頷いて、自分でも驚いた。私が男の子といて、終電を気にするようになるなんて。今日はみちるちゃんと二人で飲むのだとお母さんには伝えていた。男の子がいるのかと聞かれて、いないと

嘘をついた。十一時を過ぎて連絡がなければ迎えに行くと言われたけれど、連絡したから大丈夫。

谷川くんは乗換案内を調べて、終電には余裕で間に合うと教えてくれた。よく考えると私の終電を調べてくれたわけではなかったけれど、男の子とこういう会話をしていることが、なんだか嬉しい。

「そろそろ行く?」

聞かれて、私はこくこくと頷く。自動販売機の隣にある空き缶入れに、飲み終わった缶を投げて捨てる。

「これも捨てちゃお」

おにぎりの包装紙を捨てるとき、彼はいたずらをするときの子供みたいな表情を浮かべていた。そういえば、私のおにぎりの包装紙は、どこに行ってしまったんだろう。まあいいか。

酔いに任せて駅までふらふらと歩いていると、谷川くんが手を握ってくる。彼の手はあったかくて、だけど私の手は冷たいから、歩くうちに私たちの手の温度はぬるく落ち着いた。男の子と手をつないだのは、小学校の遠足以来かもしれない。そんなこと、谷川くんには言えないけれど。

手と手が触れあうだけでこんなに幸せな気持ちになれるのは、相手が谷川くんだからだろうか。

揺れる視界を楽しんでいると、いつの間にか指が絡んでいた。私はこんなの、何でもないことだというような顔をして、そう自分にも言い聞かせる。頭を忙しく働かせて、心の動きを押さえつけていると駅に着いて、谷川くんは唐突に手を離す。あたたかくなったはずの私の右手は、また冷たくなる。

階段を上がり、ホームに着く。谷川くんは新宿方面で私は池袋方面だった。自分の電車のほうが先に来たのに、彼は私の電車が来るまで待ってくれた。

私の電車はそれからすぐに来て、乗り込むとドアが閉まる。谷川くんとの間に、電車の窓で仕切りができた。目を見て、バイバイ、と口の動きで伝えると、谷川くんは素《そ》っ気《け》なく手を振って、電車が動き出すのとほとんど同時にスマホに目を落とす。その姿をしっかりと見ていた自分が、とても悔しかった。うつむいてポケットに手を突っ込むと、おにぎりのパッケージがクシャ、と音を立てる。

スマホを取り出す。誰に連絡を取りたかったわけでもないけれど、谷川くんに対抗したかった。画面に目を落とすと、谷川翔太という名前と「ばいばい」のメッセージが、通知欄に表示される。

タップして、しばらく、ひらがな四文字を眺めていた。ありがとう、と打ち込みながら、したくちびるを優しく噛《か》んだ。

大学二年生にもなって、私には今まで彼氏ができたことがなかった。

高校までは勉強ができればよかった。恋愛にうつつを抜かして成績が悪いのなんて、毎年数人間違えて入ってきてしまうギャルっぽい子くらいで、そういう子たちは先生に怒られていた。私は、コツコツ勉強して定期テストでいい点数を取り続けて、学年順位を落とさないように気をつけて、みんなにすごいと言われながら、指定校推薦で大学に入れることになった。評定平均の基準が厳しくて私が行きたい学部に応募できる人がほかにいなかったので、倍率は一倍だった。大学に入ってからも、授業には真面目に出るようにしたし、ノートだってちゃんととった。だけど一年生が終わるころには、私はみんなと同じくらいの成績になっていた。

それだけならよかった。みんなと同じなら、よっぽどよかった。

大学では、私たち指定校推薦組は、一般入試組よりも頭が悪いと言われていた。勉強だけ頑張れば褒められたのは、大学に入る前までだった。

高校生のころまでは、恋愛というのは一部の人に許された特権のようなもので、私たちは勉強さえしていれば平和に生きていられた。それが正しいことだった。

だけど今は違う。大学生になって、恋愛をしている人が正しくなった。

大学に入学して、私は見えない何かに負けた。大学一年の夏休みまでに彼氏ができなかった女子は「残飯」だと誰かに言われたけれど、そのときすでに、私は大学二年生だった。「残飯」になってから、一年が経っていた。それだけ時間は過ぎたのに、私はいまだに誰とも付き合ったことがなかった。

誰とも付き合ったことがない、とネットで検索して、喪女《もじょ》という概念を知った。今まで誰とも付き合ったことのない人のことを言うみたいだった。Twitterで喪女と検索していくつかのツイートを読んで、自分とよく似ている人が集まっていると思った。中学高校の友だちの雰囲気と、よく似ていると思った。

【三十五歳喪女が忠告するけど、大学卒業まで処女守ってしまうと一生処女】

【女の恋愛は股開けばいいから簡単とか言うけど、今までに一度も、生理的に無理な人からすら告白されたことがない私っていったい】

【今日も男と喋らないまま一日が終わってしまった。お父さんお母さんごめんなさい。私の人生は失敗みたい】

早くしないと、という、プレッシャーがあった。

このままだと失敗してしまう、そう思った。

送信ボタンを押したとき、みちるちゃんの顔は思い浮かばなかった。


最寄り駅についてふらふらと改札を出ると、お母さんが立っていた。鞄《かばん》も持たずに、スマホを握りしめていた。

「迎えに来てくれたの?」

聞くと、当たり前でしょ、と笑ってくれる。

「チャージは足りた?」

「うん」

スマホをトートバッグに仕舞い、駅を出る。お母さんを怒らせてしまったのかと心配になったけど、怒ってるわけではなさそうだった。

「みちるちゃんと帰ってきたの？」

「ううん、一人で帰ってきた」

「危ないじゃない、こんな遅い時間に。女の子が酔っぱらって」

「ごめんなさい……」

「どこで飲み会したの？　変な安い居酒屋とかじゃないでしょうね。あとカラオケとか行ってないよね？　危ないんだから」

「ちゃんとした居酒屋だったよ」

普段居酒屋に行くことがほとんどないので、今日行った居酒屋がちゃんとしたところなのかは知らない。とにかく、お母さんを安心させたい。

「そう」

お母さんの横顔を眺める。谷川くんと二人で歩いているときと、お母さんと二人で歩いているときの私は違う気がする。常に自分の顔を見ることはできないから、本当のところはわからないけれど。

「お母さん、早速検索しちゃうところだった」

笑うのが聞こえて、私も真似して笑ってみせる。

「今度から、気をつけてね」

「うん」

私はちゃんと連絡を入れたのに、誰と飲み会をするかも、嘘だけど伝えたのに、これ以上何に気をつければいいんだろう。

家に着くと、お母さんは先にお風呂に入ると言った。壁の時計を見るともう十二時を過ぎていて、こんな遅い時間まで帰ってこなければ心配されると思った。日付をまたぐなんて、今までで一番遅いかもしれない。

自分の部屋に戻ってトートバッグをベッドの上に置く。のぼせた頭を冷ますように、ウサギのぬいぐるみで顔を覆《おお》う。うまく働かない頭で、さっき谷川くんからラインが来ていたことを思い出す。慌ててバッグからスマホを取り出し、トーク画面を表示する。

【谷川翔太：家帰れた？笑】

心配してくれている。男の子に遅くに帰ることを心配されるのは初めてだ。ありがとうと返し、トークの上のほうを見るとさっきもありがとうと送っていたのに気づく。感謝ばかりしていて恥ずかしいと思ったころに、トーク画面が動く。

【谷川翔太：よかった。てかどんだけありがとうっていうの】

お母さんに呼ばれるまで、ラインを続けた。ちょうど谷川くんから「おやすみ」と来たので同じ言葉を返し、スマホを部屋に残してお風呂場に向かう。

「酔ってるときは湯船に浸《つ》かると気持ち悪くなるから、シャワーだけにしたら？」

そう言われ、頭をゆらゆらと揺らして頷いた。

お風呂から上がると、リビングは真っ暗で、お母さんはもう寝てしまったようだ。歯を磨《みが》いて部屋に戻り、翔太くんとのラインの画面を閉じる。一つ下にお母さんとのラインの画面が見えて、なんとなく開くと、テストの後にきたやつが表示される。

【間宮智子《まみやともこ》：何か事故でもあったの？】

これ、どういう意味だったんだろう。アプリストアを開き、今朝入れてもらったアプリの名前を検索する。レビューをざっと眺めて、星が一つのものに絞り込む。迂闊《うかつ》に入れないほうがいいです、というタイトルのレビューが表示される。

【迂闊に入れないほうがいいです。

当時付き合っていた彼氏（今となっては元彼ですが）に勝手にインストールされました。アプリの仕様上、アンインストールしても現在地がわかります。もともとは子供の安全用だったのに、今ではカップルで利用する人も増えているみたいですね。

まだインストールしてないけれど交際相手にこれを入れるように言われた方に助言です。このアプリを入れないでください。

彼と別れてからこのアプリを消しましたが、向こうからこちらの居場所はわかるままでした。現在地自体はスマホの電源を落とすことで相手にも見えなくなりますが、四六時中スマホの電源を切るわけにもいかずそのままにしておいたところ、ストーカー化した彼に悪用され、結局スマホを解約して引っ越す羽目になりました。

付き合いたてのころは浮かれているからいいかもしれないですが、別れてからも情報が残る危険性があります】

なぜお母さんが、テストが終わってから変なラインを送ってきたのかがわかった。テストの前に、私はスマホの電源を落としていた。だからお母さんのアプリから、私の居場所がわからなくなったのだ。

ということは、お母さんは私が家を出てからずっと、私の居場所を調べていたのだろうか。

「まさか」

信じることができなかった。そんなストーカーじみたことを、自分のお母さんがするなんて。あのタイミングで迎えに来たのも、ずっと私の動きを見ていたからなのだろうか。考え出すと止まらなくなり、スマホをスリープ状態に戻す。

たまたまだ。偶然、アプリを開いただけだ。そうだ。そうに決まっている。親子間でストーカーなんて、聞いたこともない。

スマホを開いて谷川くんとのトーク画面を開くと、私の文字だけ浮かれて見える。もう酔いが覚めてきたのだろうかと思いながら、眠りについた。

ラインのやりとりがそれから毎日続いて、夏休みに何回か二人で飲みに行った。二人で会うのが三回目くらいになって、初めて二軒目に誘われた。翔太くんはよく、ここに来るらしい。

「有名だと思うけど」

そう言われて、行ったことがない自分が恥ずかしくなる。

「楽しみ」

小さい声で呟いて、彼に手を引かれていく。

着いたのは雑居ビルで、三階にお店があるらしい。小さいエレベーターは、がたがたと揺れて怖かった。慣れてきた翔太くんの指の感触だけが、安心感を与えてくれる。

お店に着くと、翔太くんはチャイナブルーを頼む。私はカルーアミルクを注文して、あんなに甘いのはお酒じゃないと笑われる。バーに入ったのは初めてで、何を頼んだらいいのかわからなくて、見たことある名前のお酒を頼んだだけだった。カルーアミルクが甘いお酒だとは、知らなかった。

お酒が運ばれてくる。翔太くんのは細長いグラスで、私のは梅酒のロックで使っていそうな、ぽてっとしたグラスに入っていた。

一口飲んで、カフェラテみたいだと思った。お酒が入っている感じがしない。

「おいしい？」翔太くんが心配そうに私の顔を見る。

「うん、おいしい」

「よかった」

そう言って、翔太くんは安心したように自分のお酒を飲む。

グラス交換制じゃないから次のも頼んじゃおうと言われて、注文を翔太くんに任せることにする。

「バー、来るの初めてだし」

「ふーん」

彼はそんなに興味がなさそうに、自分用にモヒートと、私にはスクリュードライバーを頼んでくれた。

「飲みやすいよ」

渡されたお酒はオレンジジュースの味しかしなくて、いくらでも飲めてしまいそうだった。

「おいしい」

呟いて彼を見ると、翔太くんは頬杖《ほおづえ》をついて笑みを浮かべている。それは彼が二人でお酒を飲んでいるときにだけする、素敵なしぐさの一つだ。

「あさひちゃんってさ」

彼は私の手を取り、強引に指を絡める。

「見てて心配になるっていうか、なんかほっとけないな」

左手で私の右手を弄《もてあそ》びながら、ポケットから何かを取り出す。それは小さな錠剤で、翔太くんはここで飲むつもりなのか、お水を頼む。

「これ、何かわかる?」

彼はそう言うと錠剤の包装を開けて、手のひらにのせる。私はそれが何なのかわからなくて、黙って彼の目を見る。彼が手のひらを返すと、錠剤は、ぽちゃんと音を立てて水に落ちた。

「これね、薄い青色の錠剤だけど、水とか酒に溶かすと、ほら。青くなる」

振り混ぜられるグラスの中身が、だんだんと青くなる。私は自分のお酒を口に運び、喉の渇きをごまかす。翔太くんは水の入ったグラスを覗き、目線を私と合わせずに話を続ける。

「何だかわかんないでしょ。これ、睡眠薬。単体だとそんなに強くないんだけど、酒と合わせるとめちゃくちゃ強くなるんだよね」

睡眠薬。眠れないときに飲む薬。私は飲んだことがない薬。

「めちゃくちゃ強くなるって、どれくらい?」

思わず聞くと、

「んー」

翔太くんは、今までで一番魅力的な笑みを浮かべた。

「何されても、抵抗できないくらい」

彼は透明なお酒を飲み干して、私の手を包むように握る。

「だから男と飲んでて青い酒が出てきたら、あさひちゃんも気をつけたほうがいいよ」

そう言って、翔太くんは錠剤を一つくれた。

十一時ごろに店を出て、最寄り駅に着くとまたお母さんがいた。雨傘を持っている。翔太くんと二軒目に行ったのは今日が初めてだから、いつもよりも遅くなってしまったのだ。

「楽しかった？」

「うん」

「みちるちゃんと会うときはいつもお酒を飲むのね」

お母さんはお酒を飲まないでほしいみたいだ。私は翔太くんと会うとき、いつもみちるちゃんと会うと嘘をついていた。律子と二人でお酒を飲むことなんて今までほとんどなかったから、バレてしまうと思った。

「遅くなってごめんなさい」

「ううん、いいの」

駅を出ると、雨が降っていた。さっきまでは降っていなかったのに。私は傘を持ってくるのを忘れたので、雨だ、と呟く。お母さんが傘を開いて、一緒に入ろうと言ってくれる。

「駅から家までだし、一つしか持ってこなかったの」

「ありがとう」

お母さんに傘を持ってもらい、私はただ足を動かす。バレエシューズが、少しずつ濡れる。

家に着いたのは十二時前で、お父さんがリビングで新聞を読んでいた。

「ただいま」

声をかけると、うん、とだけ返ってきた。お父さんは私の帰りが遅くても、絶対に怒らない。

「じゃあ、お父さんはそろそろ寝ようかな。おやすみ」

そう言うと、こちらの返答を待たずに寝室に向かってしまう。いつからこんなに会話をしなくなったんだろう。

「お風呂入ろうかな」

呟くように言ってみる。ソファに座るお母さんは、私の声が聞こえてないかのように、

「あさひ、ちょっと来て」

と言った。

ソファに座る。お母さんはスマホを触っていて、私はぼんやりとなんの話をされるのかを待つ。今日は遅くなっちゃったけど連絡はしたはずだ。迎えに来てくれたのは雨が降っていたからだし、無断で外泊をした、とかじゃない。じゃあ、なんだろう。

「これを見て」

お母さんが出したのは、地図アプリの画面だった。スクリーンショットらしく、左右にスワイプして見せてくれる。

「何、これ？」

「あさひ、八時ごろにいた場所と十時ごろにいた場所が違うよね。今日はみちるちゃんと、お酒を飲んだんだっけ」

ごく、と喉が鳴る。唾《つば》を飲み込んで、声を出さずに頷く。

「あさひが八時二分にいたビルの名前を検索してみたら、カラオケとイタリアン居酒屋と焼き鳥屋さんが入った雑居ビルだったけど、あさひはどこにいたの？」

「焼き鳥屋さん……」

「そう。まあこっちはいいの。二十歳になったわけだし、お酒くらい飲みたいよね」

話の流れがよくわからずに困惑していると、お母さんは画面を右にスワイプした。

「問題はこっちなんだけど」

画面には、地図と青い点が表示されている。

「あ、これってあのアプリで見たの？」

「今は関係ないでしょ」

ぴしゃりと言われて、何も返せない。

「十時ちょうどにいたビルを検索したら、焼き肉屋さんと、バーが出てきたの。焼き肉屋さんだったらいいんだけど、バーに行くってどういうこと？」

バーに行ったなんて、話していない。どうしてわかるんだろう。

「帰り道、一緒の傘に入っていたけど、焼き肉のにおいなんてしなかった。焼き肉を食べたら洋服ににおいがつくはずなのに」

お母さんは怒っているというよりは、悲しそうだった。私のせいで、お母さんを心配させて、悲しませている。

「バーにいたんでしょう？」

「……ごめんなさい」

「バーに行っちゃいけないとは言わないけど、女の子二人で行ったら危ないでしょ？　そういう危険な場所は大人と一緒に行かないと」

「でも」

「言い訳しない」

「ごめんなさい」

一緒に行ったのは翔太くんだから、大丈夫なのに。私だって、大人なのに。

「いい？　あさひならわかってくれると思うけど、お母さんは別にあさひを困らせようと思ってこんなことを言ってるんじゃないの。あさひのためを思って、心を鬼にして言ってるの」

お母さんはいつだって正しかった。私は何も返すことができずにうつむき、ごめんなさい、と絞り出すように謝る。

「わかるでしょう？　あさひを怒りたいわけではないの。だけどあさひが危ない目に遭うかもしれないのを、放っておくわけにはいかないの。あさひが失敗したら、それはお母さんの責任だから」

「ごめんなさい」

「わかってくれたならいいの」

お母さんのふくふくとした手が、私の頭を優しく撫でる。思わず抱きつくと、お母さんはゆっくりと、私の背中をさすってくれた。

「落ち着いたら、お風呂に入っておいで」

「うん」

お風呂に入って、お母さんに嘘をついてしまったことを申し訳なく思った。あんなに心配してくれているのに、私はお母さんのことを裏切ってばかりだ。私のことを心から思ってくれる人は、お母さん以外には一人もいない。だから、私はお母さんを失望させるわけにはいかない。これからは現在地を検索されたくないときはスマホの電源を切るようにしよう。お母さんに、余計な心配をかけないように。

脱いだ洋服のポケットから、さっきもらった錠剤が出てくる。部屋に戻って調べると、強いお酒を飲まされた女子大生が歌舞伎町《かぶきちょう》で集団昏睡《こんすい》するという事件があったようだが、そのときだって睡眠薬は使われていなかったらしい。

検索を続けると、睡眠薬とお酒を混ぜるのがかなり危険だということがわかった。強いお酒を飲むよりも簡単に、昏睡状態に陥《おちい》るらしい。

もし、私が飲まされたら。

そう考えると恐ろしくて、私は絶対に青いお酒を飲まないようにしようと思った。翔太くんが教えてくれてよかった。

もう少しで、私は失敗するところだった。失敗してしまったら、私は私じゃなくなってしまう。

もらった睡眠薬を、お守りのようにポーチに仕舞った。

検索履歴を消して、翔太くんから来ていたラインに返信する。すると電話がかかってきて、その日は眠りにつくまで翔太くんの声を聞くことができた。


数週間して、翔太くんに家に誘われた。最近カクテル作りを練習しているから、飲んでみてほしいって。

いいよ、と二つ返事で答えて、それから私はいろいろなことを調べた。男友だちに家に誘われるというのがどういうことなのか、いまいちわからない。もし何かあるのだとして、そのために何を準備すればいいのか、どれくらい痛いのか、どういう声を出したらいいのか、何もわからない。

結局、前日に全身の毛を剃《そ》り、今まで未処理だったＶＩＯも自己処理を済ませた。髪の毛にはヘアコロンをつけて、落ちにくいリップをつけて、体にはいつも塗らないボディクリームを塗っていた。どうして自分がこんなに念入りに準備をしているのか、何を期待しているのかわからない。翔太くんは、みちるちゃんと付き合っている。

当日、アパートのインターホンを押す指は、細かく震えていた。

「入って」

機械を通した音声が流れてきて、数秒ドアが開くのを待つ。翔太くんは開けてくれなくて、試しにノブを回してみたら、鍵が開いていてあっさりと部屋に入れた。

「荷物とか適当に置いて、酒作るから」

「ありがとう」

手伝おうか、とも言えずに、ローテーブルの前で正座をして待った。大丈夫。スマホの電源は落としてある。お母さんにはみちるちゃんと飲み会だと言ってある。

何回か深呼吸をして、部屋を見回す。男の子の部屋に入るのは初めてだ。私の部屋みたいに細かいものがごちゃごちゃしてなくて、家具はモノトーンで統一されている。ベッド下の収納からはみ出たジーンズが、情けなくてとても愛《いと》おしい。翔太くんはキッチンで何かをかき混ぜていて、からから、と氷の音がしたのでお酒を作っているのだとわかる。

キッチンから出てきた翔太くんが、ごく自然に私の隣に座り、二人分のカクテルを置く。

「はい」

お酒を渡されて、ありがとう、と言う。頬が火照《ほて》る。見られたくなくてうつむくと、翔太くんが「乾杯」とグラスを合わせる。顔を上げると、渡されたお酒は青かった。

「青いね」

「……ちょっと待ってて」

翔太くんはキッチンに戻り、ポテトチップスをお皿に載せて持ってきてくれる。

「飲んでみて」

見つめられると、何も言えなくなる。青い液体を喉に流し込むと、少し苦くて、だけど甘くて、すぐにはおいしいと思えない。たいていのお酒は、私にとってそうだった。

「……おいしい」

「ほんと？」

「ほんとだよ」

「よかった」

マリブサーフって言うんだよ、と彼は自分の分に口をつけて、私の肩を抱く。私たちのほかには誰もいない。翔太くんの部屋にいるのだから当たり前なのだけれど、そのことが不思議で、どこか照れくさい。

「ねえ」

耳元で声がして、振り向くと、キスをされる。初めてのキスだった。これからするのだろうか。どれくらい痛いのだろうか。

「これ、なにかわかる？」

翔太くんの手には、前にもらった青い錠剤がある。

「……お酒と混ぜたら危ないやつ」

「そ」

返事と、ぽちゃんという水の音が、ほとんど同時だった。

彼は私のグラスに、睡眠薬を入れた。

「飲む?」

「え……?」

お酒から目をそらして、翔太くんの目を見つめる。二つの黒い点が、私の心に穴をあけるみたいに突き刺さる。こんなにかっこよくて話も面白くて、背も高い人が、私のことを好きになるわけがない。両想いになんて、なれるわけがない。

「だってこれ、危ない薬だって……」

言い終わらないうちに、またキスをされる。

「もう一度聞くね」

翔太くんは優しい笑みを浮かべて、同じ質問を口にする。

「あさひちゃん、飲む?」

何も言うことができなくて、私はうつむく。口を閉じたまま、私は自分の心が思ってないほうに動くのを感じる。

チャンスだ、と思った。

喪女を脱出するチャンスだと思った。周りと差をつけるチャンスだと思った。律子よりも正しくなるチャンスだと思った。恋愛したことがないという失敗をなかったことにするチャンスだと思った。

記憶がないまま喪失してしまえば、怖いことなんて何もない。初めてだし不安はあるけれど、麻酔をかけるようなものだと思えば、こんなにいいチャンスはない。

今しかなかった。

この先、翔太くんと結ばれることなんてありえないのだから。

ここで捨てなきゃ、ずっと処女なのだから。

人生で一番おいしいカクテルが、目の前にある。おいしかったと思わなければならないカクテルが、目の前にある。

「うん、飲む」

そう言ってカクテルを飲むと、翔太くんが優しく抱きしめてくれた。

人生で一番おいしかったものは何かと聞かれたら、あの日に飲んだマリブサーフだと答えると思う。翔太くんが家で作ってくれた、マリブとブルーキュラソーとトニックウォーターを混ぜた、あのカクテル。少し苦くて不思議な味のする、あのカクテル。

翔太くんが作ってくれた、薬の入った、青色のお酒。

目を覚ますと、十一時半だった。翔太くんはスマホでゲームをしている。私は裸のまま眠っていたらしい。

終電は確か、十一時四十五分だった。駅までは五分くらいだから、今すぐ着替えて出ていけば間に合う。下着をつけて、今日のために買ったワンピースをかぶるように着る。

「帰るの?」

「うん」

そう言って翔太くんのほうを見ると、彼はまだ画面を見ていた。駅まで送ってくれるかと思ったけど、気をつけてね、とだけ言われた。

翔太くんの家を出て、駅に向かって歩いた。道がわからなくなりスマホを取り出す。電源を入れると、お母さんから着信が入る。終電に間に合わなかったらもっと心配させてしまうので、電話には出ずに地図アプリを開く。一本早く右に曲がってしまったらしい。

いつもとは違う電車に乗って、乗り換える。電車はいつもよりもガタガタと揺れる。私は処女じゃなくなったんだな、と他人事《ひとごと》のように思う。頭がすこし痛い。翔太くんの前では、私は自然でいられる気がする。生理中のときみたいに下着が濡れている感じがして、一人で顔を赤くした。

最寄り駅に着き、改札を出るとお母さんが立っていた。

「おかえり」

怒ってる様子はなくて、ただ私を心配してくれている。

「ごめんなさい」

心配をしてくれるお母さんを、裏切ってごめんなさい。そう思って言ってみたけれど、今日私に起こったことを、お母さんに話すわけにはいかなかった。

家までの帰り道、電話に出られなかったことを謝る。

「終電に間に合うかわからなくて、駅までの道を調べてたの」

「それまでスマホの電源切ってたでしょう。どうして？」

「それは……」

今日もみちるちゃんと飲み会だと言ってある。翔太くんの家に行く前にスマホの電源を切ったから場所はわからないはずだ。どうしたら心配をかけないだろう。どうしたら安心してもらえるだろう。

「スマホのバッテリーがあと少しで切れちゃうってわかって、帰るタイミングになるまでは落としておくことにしたの」

苦し紛《まぎ》れだったけど、これで精一杯だった。

「そう。向こうの駅まではわかったんだけど、そのあと急に消えたから」

「ごめんなさい」

いつの間にか、お母さんは私の居場所を調べているということを隠さなくなっている。だけど、いつまでも心配をかけている私が悪いのだ。お母さんは私のために、こんなことをしているのだ。

家に帰って翔太くんに「今日はありがとう」とラインを送った。いつものように電話がかかってくるのを待っていたけれど、その日はラインの返信も来なかった。朝の三時まで、スマホの画面を眺めていた。

それから翔太くんは、ラインを返してくれなくなった。

【今日はありがとう】
【マリブサーフ、また飲みたいな】
【恥ずかしかったけど、幸せだった】
【私、翔太くんのこと】
【いや、なんでもない笑】
【私なんか言っちゃったかな】
【ごめんね】
【連絡してくれると嬉しいな】

私の言葉だけが並ぶ画面を閉じる。最後に送ったメッセージの日付は二週間前だった。エアコンの効いた自分の部屋は静かで優しくて、ずっとここにいられたらいいのに、と思う。

もうすぐ、夏休みが終わる。

律子は海外ボランティアに行ったらしく、最近全然会っていない。私は一日中ダラダラしたり、たまにサークルに顔を出したり、ゆっくり過ごしていた。今年の夏休みはいろいろなことがありすぎて、心がついていかない。

インスタグラムを開くと最初に表示されたのはみちるちゃんの投稿で、厳島《いつくしま》神社の写真がアップされている。ほかの写真を見ようとスワイプすると、男の人の後ろ姿があって、見なければいいのに指が勝手に最後の写真を表示させる。

みちるちゃんと翔太くんが、顔を寄せて笑い合っていた。

投稿は一時間前のものだったから、私はその写真を素早くダブルタップする。画面にハートが表示されて、私はその画面をスクショに撮る。トリミングしてみちるちゃんの部分を削ると、私の画面の中の翔太くんは楽しそうに笑っていた。

「あさひー」

お母さんの声がして、軽く返事をする。スマホを置いてリビングに行くと、お母さんはスーパーから帰ってきたところみたいだ。ほら、と渡されたのはいつも使っている昼用の生理用ナプキンだった。

「もうすぐ生理かと思って」

「え……」

「まだあった？」

「なくなったところだけど……」

「ならよかった」

気にしないで、と笑い、お母さんはそのままキッチンで買ってきた野菜を冷蔵庫に仕舞い始める。

生理用ナプキンを買ってこられたのは初めてだった。もちろん、初めて生理になったときは一緒に買いに行ったけど、もう私は二十歳を過ぎたのに。それに、もうすぐ生理かもと思って、とお母さんは言ったけど、私はお母さんの生理がいつ来ているのかを知らない。

お母さんは、どうして私の生理周期を知っているんだろう。

トイレの棚を開けて、買ってもらったナプキンを仕舞う。最後に生理が来たのはいつだったたか、思い出せないことに気づく。

部屋に戻ってスマホを開き、生理周期を記録するアプリを開く。

【生理予定日から十日が経過しました】

どういうことだろう。私の普段の生理周期は三十日だから、前回の生理から四十日経っているということになる。

すぐにブラウザアプリに切り替えると、自分の指ではないような速さで文字が打ち込まれる。

【生理　十日遅れ】

検索結果の一番上に出てきたのはどこかの産婦人科のホームページだった。一般に、予定日から一週間生理が来ない場合には妊娠の可能性を考えていいという。ドラッグストアで妊娠検査薬が買えるらしい。自分で調べてから産婦人科を受診するのが良いと書いてある。まだ五時半。夕飯の時間は七時だから、今からドラッグストアに買いに行けば夕飯前に調べられるかもしれない。急がないと。

財布を持って、お母さんに黙って家を出ようと玄関に向かう。お母さんがちょうど下駄箱を整理しているところで、私は思わず息を飲む。

「あさひ、どうしたの?」

いつもなら、答えられた質問だった。翔太くんと会うようになってから、私はお母さんに嘘をつくのに慣れてきた。だけど今、言葉が全然うまく出てこない。キーボードが壊れたパソコンみたいに、タッチパネルが利かないスマホみたいに、私の脳みそは動いているのに、何の言葉も浮かばない。

「何かあったの?」

お母さんが手を止めて私の顔を覗き込む。必死に、不自然にならないように目をそらす。

「買い物行ってくる。夕飯までに帰るから」

言い残してスリッパみたいな一番すぐ履けるサンダルを履く。鍵お願い、と逃げるように家を出る。スマホの電源を落とし、お母さんが私の居場所を探せないようにする。家に帰ったらまた、バッテリーが切れそうだったと嘘をつく。

駅の近くのドラッグストアに走る。別に誰にも見られてないし、後ろからお母さんが追いかけてくるわけでもないのに、走る。このまま遠くに行ってしまいたくなるし、翔太くんになんて言ったらいいのかわからないし、不安だし、もう、どうしたらいいのかわからない。

インスタの翔太くんの笑顔を思い出すと、もし妊娠していたとしても、相談すらできない気がした。

妊娠検査薬なんて買ったことがなかったから、ドラッグストアのどこにあるのかわからない。店員さんにも聞けないので、店中を探し回る。結局、コンタクトの洗浄液の隣にコンドームと一緒に置いてあった。コンドームの箱を見るのも、初めてだった。

近くにあったコンビニのトイレに駆け込む。開封した検査薬はなぜか二本セットで、まだ使う前なのにもう二度と使いたくないと思いながら説明書を読む。検査薬の袋をあけ、説明書と検査薬を交互に見て、尿をかければいい場所を把握する。尿を出す方向をコントロールすることができない。さらには緊張からか尿意が消えてしまい、私は人生で初めて持つ謎の棒と一緒にトイレでしばらくぼーっとしていた。

五分ほどしてようやく尿が出始めて、自分の手に温かい液体がかかるのに顔をしかめつつ、数秒尿を染み込ませる。キャップを閉めてトイレットペーパーの上に置いて、トイレの時計が一分経つのを待つ。判定を見るのが怖くて、時計をずっと見ていた。二十二分だったのが二十三分に切り替わり、検査薬を見る。判定、確認という文字の下に、それぞれ赤い線が、合わせて二本出ている。

結果は、陽性だった。

月曜日、最寄り駅から四駅先の産婦人科に行った。近所だと、誰かに見られてしまうと思った。初めて降りる駅だった。駅前にはコンビニがあるくらいで駅ビルもなくて、最寄り駅によく似ている。病院がある出口3を探す。ホームで降りる場所を間違えたらしく、かなり歩いた。

お腹の中に何かがいるのかいないのか、わからない。それをこれから調べるのだから当たり前と言えば当たり前だ。だけど、私の体のことを一番わかるのが私じゃなくて、今日初めて会う医者だということが不思議だと思う。私は鏡をあまり見ないから、私の顔を一番よく見ているのも私じゃないのかもしれない。自分の口癖はわからないけどスマホでよく打つ言葉は調べられるから、私の心を一番よく見ているのはスマホかもしれない。私は私の体を使っているけど、本当は私のことがよくわからない。

生活は何も変わらなかった。生理がこない日が続くだけ。お母さんは私のナプキンが減らないことを心配するかもしれないから、家に帰ったらいくつか捨てたほうがいいだろうか。妊娠していたとしても、子供を産むつもりはなかった。私はまだ学生だし、翔太くんには彼女がいるし、自分の子供という存在を考えられないし、何よりお母さんが許してくれるはずはない。生理予定日からは二週間が経っていた。

道順が頭に入っていたからか、いつの間にか病院に着いていた。小さい道路に面している病院だった。産婦人科と大きく看板に書かれている。

中に入る前に周りを見回す。当たり前だけど私を見ている人は誰もいない。コピーアンドペーストで作ったような人たちが歩いている。スマホの電源は切ってある。お母さんには律子とランチをすると言ってある。大丈夫。

受付で保険証と問診票を交換する。待合室にはお腹が膨《ふく》らんでいる女の人がいて、申し訳ないなと思う。誰に対して申し訳ないのか、よくわからない。問診票を記入して受付に渡したら暇になった。スマホは電源を切ってあるから何もできなくて、というか、病院だからスマホを使っちゃダメなのかもしれないけど、とにかく何もすることがなくて、ずっと爪の甘皮をめくり続ける。めくりすぎて、右手の親指と左手の薬指から血が出る。

「間宮あさひさん」

フルネームで呼ばれて、びっくりして立ち上がる。看護師に案内されて診察室に移動する。中にいた医者が男の人で再び驚く。お父さんくらいの年齢の人だった。こんな人に恥を晒《さら》すのだ。帰りたい。けど帰ると取り返しがつかなくなってしまう。

妊娠したかもしれないと話すと超音波検査をすることになり、だけど子宮に赤ちゃんの部屋はまだないと言われた。一週間後にまた来てくださいと言われ、診察券に一週間後の日付が書かれた。夏休み最後の日の日付だった。

近くのドンキに寄って血糊《ちのり》を探す。一番リアルな色のものを買って帰り、生理用ナプキンに染み込ませたものをいくつか作る。ごみにして捨ててみると、割とそれっぽい。お母さんは私の生理が始まったと思うだろう。そうやって一週間を過ごしてから四駅先で降りると、赤ちゃんの部屋が見つかった。

「妊娠七週目です」

おめでとうとか言われないんだ、と他人事のように思った。一週間後に手術すればラミセルという子宮の入り口を拡げる器具を使わなくていいらしく、すぐに予約を入れる。日帰りで、十万円だそうだ。

「今から笑気麻酔かけますからねー」

マスクと帽子で目元しか見えない医者が言う。私は何も返さなかった。朝から食事はもちろん水を飲むのも禁止だったので、いろいろどうでも良くなってしまう。今まで私はお腹を満たしてもらって生きてきたんだなと思い、お母さんに感謝しないといけないと唐突に思った。

「息をゆっくり吸ってー、ゆっくり吐いてー。そうそう、上手ですよー」

抑揚のない褒め言葉を受け取る。何回か息をして、まばたきをする。三回まばたきしたところで、意識が遠のいた。

「はい、終わりましたよー。お疲れさまでした」

医者の顔を見ていた。彼は目を細めていたけれど、笑っているとは思えない。もっとドラマチックだと思っていた。怒られたりするのかと思っていた。私たちは出ていくので着替えてくださいと言われて、小さいころ遠い親戚《しんせき》にしたように会釈する。何も言われなかった。

そうか。終わったのか。

お風呂から上がった後のような憂鬱《ゆううつ》さで着替え、麻酔の後だからふらつくということもなく待合室に戻る。

「間宮あさひさん」

名前を呼ばれて受付に向かい、ＡＴＭでおろしてきた現金で支払う。

「ちょうどお預かりいたします」

受付にいたショートカットの女の人はとても綺麗な人だった。中絶したことありますかと聞きたくなる。ないんだろうな。こういう人は、セックスをする機会は有り余るほどあるけれど中絶をさせられることなんてないのだろう。

翔太くんには結局、何も話してない。妊娠したって送ったら、流石《さすが》に何か返事くれるかな。

「診察券をお返しします。お大事にどうぞ」

受付の人の二重瞼《まぶた》は芸術品みたいに美しい。こういう人はきっと、自分から何もしなくても普通の恋愛ができるのだろう。私は、妊娠さえ、中絶さえ、駆け引きに使おうとしているのに。

自動ドアが開くのが少し遅くて、そんなことで悲しくなる。外に出ると嫌がらせのように晴れていて、今日の授業のレジュメは律子がちゃんと取ってくれたかどうか不安になった。帰りたい。どこでもいいから、帰りたい。家に近づいたところでスマホの電源を入れると、誰からも連絡が来ていないことがわかる。翔太くんとのやりとりを開くと、やはり既読はついていない。

お母さんにも言えない秘密が生まれて初めてできた日、あんぱんを買って帰った。笑っちゃうくらい、お腹が空いていた。

【今週末、うちのおばあちゃんの別荘行こうよ】

律子に送ったのは、ほとんど無意識だった。


金曜日、昼に出発する北陸新幹線あさまは混んでいた。私も律子も免許は取ったけど運転はしないので、新幹線で行くことになった。律子はお弁当を食べてすぐに爆睡していて、私は駅に着いたら彼女を起こすために眠たい目にクールタイプの目薬をさしてあくびを繰り返す。軽井沢《かるいざわ》駅は終点じゃないから、ぼーっとしてると乗り過ごしてしまう。

たまに、軽井沢にあるおばあちゃんの別荘を借りることがある。軽井沢といっても群馬の北軽井沢だけど、普通に旅行するより安いから、家族旅行でよく使う。最近は、お母さんと二人で使うことが多い。

友だちを連れて行くのは、これが初めて。今日の授業は出席を取らないから、初めて二人で授業をサボった。いつもはどちらかが出られなくても、どちらかは出席していた。

スマホを開いて、閉じて、お弁当のごみを片付けたりしていると、アナウンスが聞こえてくる。

「まもなく、軽井沢」

律子の肩を揺する。起きて、と小さい声で付け足す。律子は顔をしかめて、それから荷物を持ち上げる。

「こっからどれくらいなの？」

「バスで四十分、そこから歩いて十分くらいのとこ」

「えーまた寝ちゃうかも」

「私が起きてるからいいよ」

「ほんと？　助かるわぁ」

二泊分の荷物を背負った私たちは、周りの人にどういうふうに見えているんだろう。急に週末うちのおばあちゃんの別荘に来てと誘われた律子は、私をどう思ったんだろう。律子を別荘に連れて行くことが正しい行動なのかどうかはわからない。とにかく土日、親から離れたくて、律子を誘った。

駅の改札を出て北口を目指す。北口を出たら右に曲がって、一番手前のバスの乗り場に向かう。万座《まんざ》方面行きのバスが、十四時に出る。いつもはお母さんに連れてきてもらっていたけど、昨日調べた甲斐《かい》があって一人でも来られた。律子はいつもよりも子供みたいに見えて、私がお母さんになったような気分だ。

黙って待っていると、バスが来る。出発まではあと五分ある。律子と二人乗り込むと、車内には誰もいなかった。始発なのだから当然だ。それから老夫婦が二組乗ってきて、横並びの優先席に座り、四人組の女性が後ろの四人席に座った。

バスが出発して、後ろのおばさんたちが大声で喋っていた。こんなにうるさいのに律子はすぐ眠りにつく。私はバスでスマホを見ると酔うし、別荘がある鬼押出《おにおしだ》し園《えん》は終点じゃないから起きてないといけないしで、何もすることがない。

律子は新幹線と同様当然のように窓側に座っていたので私は外をぼんやり見ることもできず、車内を眺めたり、前傾姿勢になって律子の向こうの景色を見たりしていた。律子はバスではほぼ寝ていて、急に起きたかと思えば、

「あさひ、みちるちゃんのインスタ見た？」

「見た」

「どう思った？」

「え」

「二人の写真見て、どう思ったの？」

「お似合いだなって……」

「わかる。美男美女だよね。なんか、私とかは隣にいるのも申し訳なくなっちゃうもん」

「だよね」

「あさひもこの気持ちわかるんだ。へえ」

と笑ってまた寝てしまう。

私は自分がどうして律子と友だちなのかよくわからない。いつ友だちになったのかもよくわからないし、だけど今更みちるちゃんとかと仲良くするっていうのも想像がつかない。みちるちゃんの隣にいたら私は完全に引き立て役になっちゃうし、そこまでして彼らと関わりたいという感覚はみっともないと思う。ずっと周りに気を遣って愛想笑いをしてお酒を飲んで、それが楽しいわけがない。

だけど、私は律子にもずっと気を遣っている。お母さんといるときも、お父さんといるときも気を遣っている。つまりそれは、本当に私の心が休まるときはないということで、私が本当に楽しいときはないということだ。

「つり革におつかまりください」

運転手のダミ声が聞こえて、バスが揺れる。体が律子に当たって、それに必要以上に驚いてしまう。いま律子に起きられたら嫌だ。体を通路側に寄せる。肘掛《ひじか》けはなかったから、お尻の右半分は空気椅子みたいにして。すると、バスがまた揺れた。浅間六里ヶ原《あさまろくりがはら》休憩所を出ると、

「次は鬼押出し園ー」

と自動音声が聞こえて、私は降車ボタンを押す。隣に座る律子の肩を、さっきと同じように揺する。律子は不機嫌そうに「もう着いたの」と言って目を擦《こす》る。私は「次で降りるよ」とできるだけ機嫌よく言うと、律子にバレないように右を向いてため息をつく。

律子はどこで降りるのかをよく聞いていなかったみたいで、停留所の標識を見て驚いている。

「鬼押出しって、なんか怖いんだけど」

「鬼押出し園ね」

白樺《しらかば》別荘地にあるおばあちゃんの別荘は、ここから歩いて十分。デザインで選んだリュックの紐《ひも》が肩に食い込む。お母さんは肩紐にクッションがついているやつがいいと言っていたっけ。やっぱり、お母さんの言うことはいつも正しい。

「で、彼氏でもできたの？」

別荘のリビングのソファは律子が使って、私は座布団を出して座る。翔太くんと一緒にいるときはよく隣に座ったけれど、律子の隣に座る気にはなれない。インスタントのコーヒーをローテーブルに出すのを、律子がじっと見ている。

「え？」

何から話そうか悩んでいたところで唐突に聞かれたので、返答が遅れる。律子は私の顔を見ないで笑って、ポーションミルクとかないの、と聞いてくる。

「クリープならあると思う」

小さい声を出して、返答を待たずにキッチンに駆け込む。どう切り出せば良いのかわからない。あれから毎日つけている生理用ナプキンに、生理のときとは何か違う血が、少しだけ滲《にじ》み出る。

クリープがあると思っていたガラス戸棚にはパルスイートしかなくて、こういうことはいつもお母さんがやってくれていたのだと気づく。ガラス戸棚の隣の、木製の棚を開ける。最初に開けたところに、使い切りのインスタントコーヒーがたくさん挿してある紺色のマグカップがあって、その隣にクリープがあった。

何を取りに来たのだろう、と一瞬わからなくなってから、黄色い瓶をつかむ。引き出しから小さいスプーンを二つ取り出して、リビングに戻る。

「ありがとー」

律子はそっけなく言うとコーヒーに白い粉をまぶしてかき混ぜる。私はテレビを背にして座った。

「話したかったのはさ」

切り出してみると、からん、と音がする。スプーンとマグカップが当たる音だと気づく。部屋の中に、コーヒーのにおいが広がっていく。

「谷川くんのこと？」

「え？」

律子が知っているとは思わなかった。いや、何を知っているんだろう。

「好きになっちゃった、みたいな？」

からかうように笑われて私は、「違うし」と無理やり笑みを浮かべる。

「あの、幻滅しないでほしいんだけど」

「もともとあさひのこと好きとかじゃないから幻滅もしないよ」

「嫌いってこと？」

「いやそうじゃなくて、恋愛的にってこと」

「ああ、なるほど」

「で？」

「うん……」

「サクッと言ってよ。……そんなにやばい話なの？」

「いや、どうなんだろう。わかんない」

「………」

「ごめん、うざいよね。言う言う」

深呼吸をして目を開くと、律子の口元が左側だけ笑っているのが見えた。慌てて口元から目をそらし、はげかけのネイルを庇《かば》うように手をテーブルの下に隠す。

「私、翔太くんとの子供を堕《お》ろしたの」

律子の笑みが消える。私は手を下ろしたせいでコーヒーを飲むこともできなくて、それから目の前に座るサバサバ気取りの女の子がまだ処女だということに思い当たる。だから仲良くしていたのかもしれないと、こんなときに思う。だからこのことを伝えたかったのだと、今更気づく。

喉の奥からたくさんの言葉が出てこようとして、私はこの沈黙が怖いのだとわかった。

「いや、別に体調は大丈夫なんだよね。なんていうかこれって相談とかじゃなくて報告みたいなもので、とは言ってもみちるちゃんにバレたらやばいからそこは秘密にしてほしいんだけど、じゃあ何をしてほしいかっていうと私もよくわからなくて、だけど律子には話しておいたほうが良いかもって思ったんだよね。で、内容が内容じゃん？　だからカフェとか教室で言うわけにもいかないし、サークルのときに言うのもおかしいと思ったんだよね。かといって家から電話で話すとうちの親に聞かれる可能性があってさ。あ、親には言ってないの。両方。ほらうちの母親って厳しいじゃん、門限とかいろいろ。でも律子と別荘使いたいって言ったらあっさりオッケーもらえてさ。あ、堕ろすの自体は全然痛くなかったし怖くなかったよ。だから全然励《はげ》ましてほしいとかフォローしてほしいとかじゃないの。ただ、律子に知っておいてほしいなって。それだけ」

言うと勝手にスッキリしてしまって、コーヒーを飲み干す。普段はブラックで飲まないのに、クリープを入れずに一気に喉に流し込む。律子の顔を見れず、テレビのほうに振り向いて、これ映るんだっけな、と独り言を言ってみる。まだ沈黙が続いて、我慢できずに立ち上がる。テレビの横に置いてあったリモコンを取って、つけてみるねと言うと、ようやく律子が口を開いた。

「なんか、あさひっぽいね」

「え……？」

意図がわからずにいると、律子は私からリモコンを取り、いまテレビつけないでしょ、と笑う。合わせて笑うと、どうして笑っているのか聞かれた。

「なんとなく……」

「あさひって、そういうとこあるよね」

律子が笑みを浮かべる。飲み干したコーヒーはマグカップの底で乾きはじめている。飲み物がないから息をすることしかできない。リモコンは律子が持っている。

「誰かの顔色うかがって、人のことばかり気にして。お母さんが厳しいってよく言うけど、それもどうだか。あさひが勝手にお母さんの顔色うかがってるだけなんじゃないの？　だって普段は仲良いんでしょ？」

「仲はいいけど……。それは関係ないじゃん」

「ねえ、ここっていつもは家族で使うの？　さっきコーヒー作ってくれてる間にいろいろ見てたんだけど、あさひのお父さんって来ることある？」

「なんで？」

「部屋が全体的に古くて可愛い感じなんだよね。それが悪いってことじゃないけど、男の人は嫌いそうっていうか。うちの父親だったら買わないなっていう感じの家具だなって」

「そんなことないでしょ。そもそも家具とかは基本的にうちのおばあちゃんが選んだやつだし」

「ふうん」

律子はそう言ったきり黙って部屋を見回した。ジロジロと見るので良い気持ちはしない。というか、私が妊娠したことは気にならないのだろうか。

「あの倉庫みたいなのって何？　敷地《しきち》内にあるからここのものでしょ？」

「ただの倉庫だよ」

「あ、違う。こんな話したかったんじゃなかった。なんだっけ。ああ。さっきの話だけど、あさひが妊娠して、中絶したの？」

黙って頷くと、律子は寝室が見たいと言った。私がいつも使っている寝室に律子を案内する。

「ここ、夫婦の寝室？」

「違う」

「普段使ってないの？」

「たまに使うよ」

「その割にはきれいだね」

「クリーニング頼んだから」

「あ、そうなんだ。なんかごめんね？」

律子はベッドに腰掛け、スプリングがすごいと苦笑する。

「あさひは他人の目を気にしてるなって、私よく思うんだけどさ」

「それはじゃあ、ごめん」

「謝ってほしいわけじゃない。だけど、谷川くんとのことも、断れなかっただけなんだよね？」

「それは……」

自分で薬を飲んだことを、どう言ったら良いのかわからなかった。律子への説明を考えている間、私は不思議と心が弾むのを感じた。状況を考えたら弾ませている場合ではないのだけど、律子は処女で、私は処女じゃない。急に優位に立てたような気がして、

「律子って彼氏いたことあるっけ」

と言ってみる。律子はごまかすように、リビングに戻りながら気のない返事をする。

「え、うーん。どうだろ」

「ないんだよね」

「まあ、ちゃんと付き合ったことはないかも」

「セックスもしたことないでしょ」

「え？　なんなの？」

「ううん、だったらわかんないかもなって思って。これは馬鹿にしてるとかそういうことじゃな

くて。ただ、ラーメンを食べたことない人に、ラーメンの味を説明するのって難しいじゃん。そういうことなんだけど、私はね、翔太くんとして、すごい幸せだったの。結局お腹の中の赤ちゃんとはお別れすることになっちゃったけど、あのときの幸せを思えば、これで良かったと思うの」

「これで良かった？」

「うん。だって、男の人が私を見て興奮してくれたんだよ。私なんかを見て。いや……。ごめん。マウンティングみたいだよね。そんなつもりはないの」

「あさひさぁ」

「だからごめんって言ってるじゃん」

「別にごめんとかは良いんだけどね。なんて言ったら良いかな……。あさひは、被害者ぶってるけど浮かれてるよ」

「浮かれてなんかない」

律子は首を軽くかしげて右の口の端だけで笑い、コーヒーに口をつけた。ふう、と一息ついて、私のほうを見てまた笑う。

「ヘンゼルとグレーテルに出てくるお菓子の家の魔女って、実は母親なんだって」

「……何の話？」

「最近、大人に向けた『本当はこわいグリム童話』を読んだんだよね。ほら、ヘンゼルとグレーテルって、お菓子の家に二人で行って閉じ込められちゃうけど、ヘンゼルが太らされて魔女に食べられる前に、グレーテルが魔女をかまどに突き落として殺してめでたしめでたしって話じゃん」

「だから？」

「あさひもいつか、お腹の中にいた子供に殺されちゃうかもね」

「なんでそうなるの」

「あれって、元はといえばお母さんが食費を気にしてヘンゼルとグレーテルを家から追い出したことをきっかけに始まる話なの。だからグレーテルはね、魔女の顔がお母さんと同じだって気づいて、その上でお母さんをかまどに突き飛ばしたんだよ。世間体を気にして子供をお腹の中から追い出したあさひにそっくりじゃん」

「おとぎ話と私の話は全然違うよ」

コーヒー淹《い》れてくる、と自分のカップを持ってキッチンでお湯を沸かす。沸くまでの時間がとても長く感じられて、律子を怖いと思った。

「私のも淹れて」

振り向くと律子が立っていて、結局二人でキッチンに移動しただけになってしまった。

「中絶のこと、親に相談した？　谷川くんに相談した？　みちるちゃんに報告した？」

「……できるわけないじゃん」

「え、どれ？　親？　相手？　相手の彼女？　てか相手に彼女いるの普通にやばいよね」

と律子がヘラヘラと笑う。

「全部だよ」

「誰にも言ってないの？」

「律子にしか、言ってない」

「そうなんだ。じゃあ、谷川くんとはちゃんと付き合ったってわけじゃないんだね。みちるちゃんとも続いてることだし」

「別に良いでしょ」

「だめでしょ。友だちの彼氏なんだから。だって冷静に考えてみてよ。友だちの彼氏と寝て、子供作って、親にも言わずに一人で堕ろして。だめに決まってるじゃん」

「そんなの、わかってるけど」

「わかってないよ。親に言ってないってことは、お母さんにも言ってないんだよね」

「……うん」

「あさひのお母さんって、門限破ると位置情報検索とかして電話かけてくるやばい人じゃん。前から思ってたけど、あれ、過干渉ってやつだよね」

「私を心配してくれてるだけだから」

「妊娠したって知ったら、倒れちゃうかもね」

「…………」

「あさひを殺そうとするかもね。お腹の子供の代わりに」

「お母さんには、絶対に言わないから」

「そうなんだ」

「絶対に言わないで」

気づくと、律子を睨《にら》んでいた。

「私が中絶したってこと、お母さんに絶対に言わないで」

律子はまばたきを大げさに一回して、それから私を見て、左の口角だけ上げて、

「それはあさひ次第じゃない？」

とイタズラっぽく言った。


夜ご飯を買ってきたお弁当で済ませてから、律子はリビングで何かテレビを見ていた。ここには Wi-Fi がないから YouTube が見れないとぶつぶつ言っている。

寝室で寝転んで、ヘンゼルとグレーテルの話を調べてみる。いま知られているヘンゼルとグレーテルは、意地悪な継母《ままはは》が二人を追い出すところから始まり、グレーテルが魔女をかまどに突き飛ばして殺す。魔女の家にあった黄金を持って家に帰るとなぜか意地悪な継母はいなくなっていて、父親と三人で幸せに暮らすというものだった。しかし元の話は律子の言うとおり、実の母親

が食費節約のためにヘンゼルとグレーテルを追い出すシーンから始まる。お菓子の家で待ち受けていた魔女はヘンゼルを太らせて食べようとするけど、グレーテルが隙《すき》を見て魔女をかまどに突き飛ばす。その魔女が母親だったのではないかという説が、ネットでいくつか紹介されていた。

私も、中絶してしまった子供に殺されるのだろうか。名前もないあの子に、殺されてしまうのだろうか。

第2章

「ココア買って」

月曜日、律子は経済学の教室にいつもよりも早く来た。私のほうが家が近いから、授業の席を取るのは自然と私になっていた。まだ授業まで十五分あって、人はそんなにいない。

「ココア?」

気にしてないふりをして、鞄の中にイヤホンを仕舞う。ワイヤレスのやつは高いからいまだに買えなくて、いつもコードが絡まってしまう。

「良いでしょ?」

律子は私の顔を覗き込み、ついでというように鞄も覗き込んだ。やめてよ、と言えずに黙っていると、

「いま金欠なの。わかるでしょ」

と律子が笑った。バイトの給料日前らしい。そういうことなら、と小さい声で言う。

「聞こえない。もっとはっきり言って」

「……そういうことなら、奢るよ」

心臓が、どきどきしている。

授業が始まっても、学食に移動しても、少しのびたラーメンを食べているときもずっと、私の心臓はどきどきしていた。

目の前に座る律子の、ラーメンをすする音がだらしない。おいしいんだろうな。口元が緩《ゆる》んでいる。同じものを食べているのに、私の口元はかたくなっていて、そんなことで別の人間だということを実感する。律子は正しい子だ。私にとって、正しい子だ。

右隣に男の子が座って、私は左側に椅子をずらす。端っこの席が取れてよかった。好きでもない男の子がすぐ隣に座るのは嫌だった。ちらりと見ると、彼もおぼんにラーメンを載せている。

「ココア飲む?」

いろいろ考えている間にラーメンはなくなっていて、向かいに置かれたどんぶりも空になっていた。

「そうだねー」

連絡を取る相手もいないはずなのに、律子はスマホを眺めている。通販サイトの売り切れた商品のお気に入りを解除しているか、大量に届くメルマガを削除でもしているのだろう。

隣の席に座る男の子がラーメンをすすって汁がこちらに飛んでくる。私のおぼんに、小さな水たまりができて、それが彼の口から出てきた液体を含んでいると思うと気持ち悪い。学食にも自習室みたいなついたてがあれば良いのに。嫌になってまた椅子を左に寄せる。

「すみません」

後ろから声をかけられて、椅子を引くとテーブルの脚にぶつかって、仕方なく右に少しだけ戻した。ラーメンの汁を飛ばした男の子が私をちらっと見たので、思わず顔をしかめる。

「そろそろ行こう」

律子に声をかけて、おぼんを持ち上げる。午後は英語の授業があって、私と律子は指定校推薦組だから同じクラスだ。確か教室は十一号館だから、ココアを買って持っていくならそろそろここを出ないといけない。こういうちょっとしたスケジュールの計算をするのは、いつの間にか私になっている。先に片付けようとすると、律子がちょっと待ってと慌てて言った。

「あさひ、椅子は使ったら戻さなきゃダメじゃん」

ありがとうごめん、と言うと、律子は満足そうに笑顔を作り、私はやっぱりこの子が正しいのだと思う。

「あさひも、人に甘えてばっかりいるんじゃなくて、周りを見てみるといいかもね」

律子の声を聞き流してベルトコンベアみたいな機械におぼんを載せると、二つ並んだおぼんが同じ速度で運ばれていく。ぼんやりと眺めていると、律子に腕をつかまれる。

「ココア買ってくれるんでしょ？　楽しみー。あさひにご馳走《ちそう》してもらうココア、おいしいだろうな」

自動販売機の前で、律子はバナナココアかいちごココアか普通のココアかで悩んでいた。私は自分用にカフェラテを買い、律子は結局普通のココアが欲しいと言った。百二十円だった。

「ありがとう」

律子はときどき、男の子に媚《こ》びるときのような目で私を見る。目の奥が笑っていないから、男の子用の顔だとすぐにわかる。私に媚びるところをほかの男の子が見ているわけないのに、なんでそんな顔をするのかわからない。

「はいはい」

軽く流して、律子の眉毛は黒くて薄いなと思った。女の子がメイクをするのは、かわいい顔をしたときに目の奥の闇《やみ》を見せないようにするためなのに、律子はメイクをしない。いつもワイドパンツみたいに体型をカバーするような服を着ていて、私も律子の服装を真似して地味な格好をしている。だけど私は流石にメイクを始めて、だから翔太くんたちの飲み会にも誘われたんだと思う。この前はぼかしていたけど、律子はやっぱり処女なのだろう。結局私は処女を捨てても人が処女かどうかに拘《こだわ》っていて、だけどそれは仕方ないことだと思う。一般受験組が私たち指定校推薦組を区別するように、私も律子を含めた処女の子たちのことを、はっきりと区別している。

十一号館まで移動すると、律子は教室どこだっけ、と調べる様子もなく呟く。私はスマホを開いて調べているアピールをして、ちょっと待ってね、と伝える。本当は初回の授業の時点で三〇二だと覚えていたけど、それがバレるのは少し恥ずかしい気がした。

「三〇二」

「ありがとー」

次の授業の教室とか、そういうことも、いつも私が調べている。入学してすぐに、役割分担が決まっていた。


火曜日、律子は寝坊して授業をサボったので、代わりに出席カードを取ってあげた。毎週火曜日は律子と一緒に入っているボランティアサークルのミーティングがあるのだけど、律子がいないのなら、と欠席の連絡を入れることにした。

スマホを開くとすぐに律子とのトーク画面が表示される。

【出席カード取っといたー】

私が送ったまま、既読がつかない。ついでに翔太くんとのトーク画面も見てみたけど、そっちも返事は来ていなかった。私はいつも相手のすることを真似して、不愉快な思いをさせないように気をつけていて、自分の気持ちは後回しにしている。

食堂に移動して、一人分の席ならどこかしら空いているのが見える。いつもは二人でいるから、前もって席を取らないといけないけれど、今日は律子がいないから、席を取る必要もない。

おぼんを持って列に並び、サラダとお味噌汁と野菜ジュースだけ取って会計を済ませる。周りの子はいつも痩《や》せたがっていて、太っていると浮いてしまう気がする。家では普通にご飯を食べているけど、一人のときに食べるのはこの三つだけにしていた。何を食べたら褒められるか、何を食べたら浮かないかがいつも気になる。地球が終わる日に食べたいものを聞かれても、どうせ死ぬなら何も食べなくても良いんじゃないかと思う。だけどきっとそのとき隣にいる人と同じものを食べるのだろう。そうやって生きてきたし、そうやって死ぬのだ。

午後の授業が終わっても、律子から返事は来なかった。インスタを開くと律子が珍しくストーリーを投稿していて、虹色の背景に「絶起」とだけ書かれていた。明日は来なよ、と怒った絵文字をつけてDMを送る。既読だけついた。インスタを閉じるとラインのアイコンの右上に数字の1が表示される。

【明日早めに集まらない⁇　課題見せてほしいー】

律子からだ。水曜日は午後から授業だったし、私は課題が終わっていたけど、別荘でのことを思うと断れなかった。

水曜日、十一時ごろに来たから学食は空いていた。

「隣がいいから、あそこは？」

律子はいつもなら正面に向き合う席を取るのに、今日は珍しく隣同士がいいと言った。うん、と小さい声で言うと、それが聞こえたのか聞こえてないのか、律子は嬉しそうに歩いていく。

「課題見ーせて」

律子は悪いけど、とか、申し訳ないけど、とか、そういう言葉を使わずに言った。

「いいよ」

前の私なら、どう答えたんだろう。こんなに素直に貸しただろうか。

律子は私の課題をそのまま写している。大した課題じゃないのに、どうしてこんなことをしているのだろう。

正面の席に座る男の子がラーメンをすすって汁が飛んだ。わざと椅子で音を立てて後ろに下がる。

「すみません」

後ろから声をかけられて、仕方なく下げたばかりの椅子を戻す。ラーメンの汁を飛ばした男の子がこちらをちらりと見たので、思わず顔をしかめる。一昨日もこんなことがあった。

しかめた顔を保《たも》ちながら、私は明確に後悔していた。律子にあのことを言わなければよかった。どうして打ち明けてしまったのだろう。秘密を知ってもらって、どうなると思っていたのだろう。

「ねえ」

唐突に律子の声がした。学食はうるさいのに、律子の声だけが文字になって、私の前に現れたみたいだった。

「何？」

「ココア飲みたいな」

「……奢るよ」

気づいたときには声が出ていて、律子は笑っていて、学食の音がまた耳に流れてくる。自分でもとても驚いた。何かをお金で解決できると思うような人に、自分がなっていると思っていなかった。秘密を守ってもらうためにお金を出すなんて、まるで律子に脅されているみたいだ。でも奢ると言わなかったら、私はきっと、もっと困っていた。

「トイレ行ってくる」

律子は席を立ち、スマホだけ持って食堂を出ていく。私は黙って律子のリュックと私の鞄を席に置いておく。荷物見ておいて、とか、一年生のころの律子は言っていたんだろうか。

大したことない。そう。一つ一つは、大したことじゃない。出席カードも、ココアも、課題を写されるのも、全部、大したことじゃない。

だけど、じゃあ、どうしてこんなに、私はちゃんと判断できなくなっているんだろう。今まではちゃんとできていたはずなのに。失敗しないできたはずだったのに。

「どうしよう」

そう言って手に持ったスマホの画面は真っ暗で、私は黒く映し出された自分の顔を眺めている。

「ただいま」

顔を上げると、律子がいた。思ったよりも早く、トイレから戻っていたらしい。私はあいまいに笑って見せて、隣の席に置いておいた鞄とリュックをどける。学食はお昼が近づくにつれ混んできて、荷物をどけた私に律子はお礼を言わず、そのまま課題を写し続けている。

大学生活では、こういうわずかな雑用をどちらがするかで、力関係がぼんやりと形作られていく。大教室の席を取っておいて、教卓に置いてあるレジュメを取ってきて、休んだ子のリアクションペーパーを代わりに書いて出席を偽造して、テストに出そうな範囲を教える。それはたいてい、決まった人の役割だ。私と律子の場合、それはもともと私だった。だけど、こんなに露骨だっただろうか。

律子は必死にシャーペンを動かしていて、手をじっと見ると指毛を処理していないことがわかる。自分の手に目を落とす。指毛は処理したばっかりだった。

「ほんとにココア奢ってもらっていいの?」

律子は課題を写し終わったらしく、嬉しそうに私を見ている。いいよと軽く笑って、どうして課題を写させてあげたのにさらに奢らないといけないのだろうと思った。

そのままの席でお昼ご飯を食べてから、自動販売機の前に移動する。私はホットのカフェラテを自分用に買い、結局律子は普通のアイスココアが欲しいと言った。月曜日に買ったのと同じく百二十円だった。

「あさひに奢ってもらうココア、おいしいんだよね」

律子はにこにこと笑う。ガウチョパンツなのかロングスカートなのかわからない洋服からは、色は白いけれどだらしない、太めのふくらはぎが覗いている。普段から剃刀《かみそり》で処理しているのだろう、毛穴は広がり、黒く色づいている。痩せたい痩せたいと言いながらココアを飲んでいるし、彼氏が欲しいと言いつつメイクをしないし、だけど髪の毛はインナーカラーで明るい茶色を入れているし、律子はどこかちぐはぐだ。それでも仲良くなったのは、律子は自分の中の「正しさ」がはっきりしている子だからだと思う。そのいびつな「正しさ」に、私はどうしようもなく惹《ひ》かれる。

教室に入り、後ろのほうの席を探す。可能な限り後ろに移動して、律子は席を決めたようだ。律子の隣の席に座り、レジュメ取ってくる、と席を立つ。律子は黙っていた。

教卓でプリントを取っていると翔太くんに、あさひちゃん、と声をかけられた。笑顔を作ろうとしたけれど、うまく笑えない。

「みちるちゃんとは順調？」

「ん、まあね」

それだけ話すと、翔太くんは席に戻った。授業をカップルで受けているのは、経済学部の中では翔太くんとみちるちゃんだけだ。

プリントを渡すと、律子はスマホを見たままお礼を言った。私は買ってきたカフェラテの蓋《ふた》を開けて少し冷ます。律子のアイスココアは、半分くらいなくなっていた。

先生が来て、授業が始まる。動物をつぶして消すゲームをしながら、私は律子が秘密を守ってくれるのか不安になっていた。もし彼女が約束を破ったら、私はどうなるかわからない。

どうして、律子に話してしまったのだろう。どうして、黙っていてくれると思ったのだろう。だけどもう、戻ることはできない。秘密を打ち明けたというのはそういうことだ。言ってしまったらもう、言う前には戻れない。いつの間にか、授業が終わっていた。

「夜ご飯食べよう」

律子に言われて慌ててお母さんにラインを入れた。今日は一緒に食べる予定はなかった。だけど断れない。

「どこで食べる?」

単純に気になって聞いただけだった。別にほかの意味はない。だけど律子はそう思わなかったらしい。

「嫌なの?」

「え、嫌じゃないよ」

「じゃあいい感じのお店探しておいて」

「わかった」

スマホに目を落とすと何か通知が来ていて、開くとお母さんからの了解ラインだった。男の子と一緒だったら止められるのに。律子は女の子だから、止めてくれない。

食べログで最初に出てきたやきとん屋さんは当たりだった。律子はお酒を飲まず、私もジンジャーエールだけ飲んだ。お会計は一人四千円。伝票を見て財布を開いた律子から、あ、と声がした。

「ごめん、手持ち三千円しかない」

「えっ」

「ほんとごめん、おっかしいな。今朝おろしたつもりだったんだけど。忘れっぽすぎて笑えるね」

「ね」

全然うまく笑えなかったけど、律子はそれを気にする様子はなかった。律子から三千円受け取り、レジで支払った。

「おいしかったね。あさひのお店選びのセンス最高」

「ね」

律子は、すごく楽しそうだ。

「今日のお金さ」

「ん?」律子の笑顔が消える。私は間違えたことを言ったのだ。律子を怒らせるようなことを言った。

「いや、ごめん。なんでもない」

千円くらい、いつか返してもらえばいい。千円くらい。もらったレシートを、家に帰ってすぐに捨てた。

翌日に返してもらえると思っていたのに、次の週になっても、律子は千円を返してくれなかった。それだけじゃなく、あれから毎日のようにココアを奢ってほしいと言ってくる。

学食は今日も混んでいて、私は午後からの英語の授業に間に合わせようと早めにご飯を食べ終わった。律子はまだご飯を食べていて、少し太ったように見えた。私は、ほんの少し、痩せた気がする。

言うなら食事中で無防備な今だ、と思った。

「先週貸した千円、いつ返してもらえるかな」

律子は黙っている。

「いや、すぐに返してほしいとかじゃなくて、忘れちゃってるんじゃないかなって思って。確認したいだけというか。まあ千円だし、カフェでなんか奢ってくれてチャラでも全然いいし。あ、なんなら学食奢ってくれるとかでもいいし」

律子が喋らない分も私が喋る。律子はやっぱり黙っていて、私はこの空白を埋めるために何か言わないといけない気がした。

「あ」

ご飯茶碗から顔をあげた丸い顔が何か言った。購買に寄りたいらしい。

「今出れば授業間に合うと思うよ」

とにかく律子と会話できたので、私はそれに乗ることにする。千円は、もうあげたと思ったほうがいいのかもしれない。どうしてお金を貸した私が、こんなに気を遣っているんだろう。

購買の文具コーナーで、律子は修正テープを手にした。

「切らしちゃってたんだよね」

「あー」

私はほとんど上の空で、さっきと態度が逆になったみたいだ。

「あさひは何か買うものないの？　シャー芯切らしたって、この前言ってなかったっけ？」

「そうだった。忘れてた。ありがと」

HBの芯を手にし、レジに向かう。本当は、シャーペンの芯は買ったばかりだった。

「次お待ちの方どうぞー」

レジの無愛想《ぶあいそう》なおばちゃんが軽く手をあげたのでレジに進み、シャーペンの芯を置くと律子がその隣に修正テープを置いた。

「一緒でいいんですか？」

「え……」

「はい、お願いします」

律子がハキハキと返事をした。大人に対する話し方が、この子はとても上手だと思う。

「あさひ、まとめて払っておいてくれない？　私、いま手持ちがなくてさ」

そう言って、律子はレジからいなくなった。千円出して、六百円とちょっと返ってくる。大した金額じゃない。


次の週に行った新しくできたカフェにはサラダバーがあった。律子はスマホで何枚か写真を撮っている。私は今まで貸してメモした金額の合計がもうすぐ三千円にいくなと思っていた。思っていたというか、それが事実だった。

「ねえ」

話しかけてもシャッター音は止まらない。苛立《いらだ》っても無駄なので黙っていると、

「あさひ、怖い顔してどうしたの？」

「怖い顔はしてないよ。ただ、貸したお金がもうすぐ三千円になるの」

「え？」

「やきとん屋さんの千円、修正テープが二百円、靴擦れ専用絆創膏《ばんそうこう》が六百円、先週行ったカフェのご飯と飲み物で九百円、お金がないからって買った自販機の飲み物百五十円が二回分」

聞いて、律子は笑っている。あさひって細かいね、と言った。

「だけどそれ、全部返したじゃん」

「返してもらってないよ」

「あさひが金欠なのはわかったけど、私は返したよ。あ、でも自販機代はごめん、忘れてたかも、三百円？」

「うん」

律子は財布から三百円だけ出して渡してくる。ありがとうと言おうとしたけど、それは正しくない気がしてやめた。

「あさひのお母さんにあのことを話したら、どうなるかな」

唐突に律子がそう言って、サラダを取りに立ち上がる。その日のご飯代も、律子が千円しか手持ちがないと言ったので私が出すことになった。そしてその分は、翌日返ってきた。

私の勘違いなのだろうか。私がケチなのだろうか。そう思うとあまりしつこく言うことはできない。全部返したと律子は言った。そんなはずはないと思ったけれど、律子は真剣な顔をしてそう言った。自分の中の正しさが固まっている人は、自分自身にも嘘をつくのかもしれない。律子の口から出てくる言葉は正確で、正しかった。律子自身のルールでは、彼女は正しいままだ。私は私の中に正しさを持っていなくて、いつも誰かの正しさに依存していた。大学生活では、律子が私の正しさだった。だから私は律子から出てくる正しい言葉を信じて、自分が間違っていると思うことにした。自分が正しいと思いながら考えを曲げるのと、自分が間違っていると認めてしまって考えを曲げるのとでは、後者のほうがはるかに簡単で楽だった。私はずっと、そうやって生きてきた。だから、きっと、今回もうまくいくはずだと、何度も自分に言い聞かせた。

律子とのお金のことを、誰かほかの人に相談しようと思ったこともある。たとえば、家族。たとえば、大学の友だち。たとえば、小学校とか中学校とか、高校の友だち……。いろいろと考えてはみたけれど、どれも無理だった。誰にも言えない。家族に言えるはずはないし、大学の友だちにもこんなこと言えない。みちるちゃんと仲良かった時期もあったけど、言えるはずがない。大学以前の友だちとは、ほとんど連絡を取らなくなっていた。というか、そういうものだと思っていた。友だちというのはそのときに安全に過ごすためのシートベルトみたいなもので、乗る車によってそれを替えるのは当然だと思っていた。だからむしろ、卒業後も友だちと連絡を取り合う人たちがいることに驚いた。律子はそれが当然だと言っていて、だから私とも卒業後も連絡を取ってくれる予定らしい。卒業後に連絡を取るであろう初めての友だちが律子の私は、こんな重い相談に乗ってくれる友だちなんて、律子しか思い浮かばない。

今日で秋学期が終わる。明日から試験期間だけど、ほとんどがレポートでテストは一つしかない。夜はサークルがあったけど、今週は律子が用事があると言っていたので行かないことにしていた。バイトでシフトに入ってほしいと言われたのだろう。

授業はなかった。レポートを出すために大学に行った。律子と待ち合わせはしなかった。用事がなければ、あまり律子と会いたくない。

レポートボックスのほうにみちるちゃんと翔太くんがいた。慌てて近くのトイレに入る。翔太くんと会いたくない。みちるちゃんと会いたくない。もう、誰にも会いたくない。

家に帰ると、お母さんが機嫌よさそうに掃除機をかけていた。私が帰ってきたことには、気づいていないそうだ。私は鞄を置いて、視界に入らない角度からゆっくりとお母さんに近づいていく。そして急に抱きつくと、お母さんが驚いて声を上げる。

「わ、びっくりした。あさひじゃない。おかえり」

柔らかい笑顔を見せて、お母さんは掃除機をかけ続ける。私はすっとお母さんから離れて、自分の部屋に鞄を仕舞いに行く。

部屋のベッドにはお母さんが買ってくれたウサギのぬいぐるみが鎮座《ちんざ》していて、私はそれをお母さんだと思って抱きしめる。

おかしいのだろうか。

二十歳を超えているのにお母さんに抱きつくのは、おかしいことなのだろうか。お母さんが大好きなのは、おかしいことなのだろうか。私は、お母さんから離れられない。お母さんは常に私の前から障害物を取り除いてくれて、いつも近くにいてくれて、私を肯定し続けてくれる。そんなお母さんに甘えたいと思うのは、間違ったことなのだろうか。

「――人に甘えてばっかりいるんじゃなくて、周りを見てみるといいかもね」

律子に言われた言葉を、ぬいぐるみにかけて、うそうそ、と付け加える。このぬいぐるみのことを私はとても好きだけど、名前を付けることができない。名前を付けるというのは、とても怖いからだ。

私の名前を付けてくれたのはお母さんで、だから私は、大げさな由来がなくたって、珍しい名前じゃなくたって、この名前を宝物のように思っている。

お父さんとお母さんは喧嘩《けんか》しないし、別居もしていないし、家庭内暴力もない。私は虐待されていないし、お金をせびられていないし、育児放棄をされていないし、多分二人に大切にされている。

「ならどうして」

ウサギのぬいぐるみがベッドに落ちる。

「どうして、私はこんなに、うまく生きられないんだろう」

Instagramを開いておすすめの投稿を眺めると「自己肯定感低いガールは彼に大切にしてもらえない」という投稿が目についた。自己肯定感が低いと遊びの彼女になってしまい、結婚まで考えてもらえる本命彼女にはなれないのだという。

自己肯定感。

自分を愛することができなければ誰かに愛されることもないという理屈はわからなくはない。

自分を愛することができないのに、誰かを愛することなんてできないだろう。

だけど、これまでに自己肯定感が育《はぐく》めなかったら、誰にも愛されないのは仕方ないのだろうか。こんなに恵まれた環境でも自己肯定感が育めないから、私はうまく生きられないのだろうか。秘密を守ってほしくて友だちにお金を払い、周りから浮いていないか、変なことをしてしまわないかがいちいち気になってしまうのだろうか。辛いけど私なりに頑張ったのに、そんなのは贅沢《ぜいたく》な悩みだと言われるのだろうか。周りをよく見たほうがいいと言われるのだろうか。

彼氏ができたことは私にもなくて、律子のことをバカにする資格は私にはなかった。自己肯定感が高くないから、私は人に愛されないのだろうか。愛されれば、私の問題は解決するのだろうか。

リビングから、お母さんの明るい声がした。

「あさひ、おやつ食べる？」

小学生のころから変わらず、お母さんは私が家にいるときはおやつを出してくれる。それを食べながら、お父さんには言えない話をすることが、早く学校が終わった日の楽しみだった。

「今日は何の授業があったの？」「律子ちゃんは元気？」「バイト先では社員さんたちからよくしてもらってる？」「明日は夜いないのね。誰とご飯を食べるの？　お母さんの知っている人？」「あさひが好きって言ってたお笑い芸人がこの前朝の情報番組に出ていたから録画しておいたの。見る？」「明日の二限が休講？　何の授業なの？　ああ、あの先生お腹が弱くてよくお休みになるって言ってたよね」「律子ちゃんは本当にいい子よね。あさひの選ぶ友だち、お母さんも大好き。みちるちゃん？　どんな子なの？　写真を見せて」「夜遅くまでの飲み会は危ないからやめてほしいな。あさひは行きたい？　あさひがやりたいことを無理に止めたいとは思わないけど、お母さんは悲しい気持ちになるな」

話すことは他愛《たわい》のないものばかりだったけど、私はそれが幸せだった。この世で一番の友だちは誰かと聞かれたら、お母さんだと答えると思う。自分に兄弟がいなくてよかったと、今まで何度思ったかわからない。お母さんを誰かに奪われるなんて、考えたくもない。

あれから夜遅くに帰ることもなくなって、お母さんが駅で待っていることはほとんどない。

部屋の中は暖房で暖かいから、私はニットの袖を捲《まく》っていた。でもお母さんは長袖をそのままにして着ている。火傷《やけど》の跡を気にしているのだと思った。

「跡、消えないの？」

思ったことがそのまま口から出てしまい、慌ててクッキーを口に入れる。お母さんは微妙な顔をして、左側の袖を捲って私に見せた。

お母さんの左腕には、大きな火傷の跡がある。小さいころにできたもので、跡がずっと消えないらしい。

「今度、また軽井沢に行かない？」

お母さんは明るい声を出して言った。話題を変えたいのだ。私も、いいね、と明るい声を出しておやつのクッキーを口に入れる。お母さんの作るクッキーは形がいびつで、なのにすごくおいしい。

「別荘で、今度はなにする?」

「何しようね。星は見たし、バーベキューもしたし……」

「バーベキュー、虫が集まってやばかったよね」

「そうそう。でも、おばあちゃんには感謝しなきゃね」

「だね」

　おばあちゃんの持ち物だからか、お父さんは別荘にあまり行きたがらなくて、お母さんと二人で行くことが多かった。宿泊費がかからないとなると、旅行のハードルはぐっと下がる。あの別荘には、お母さんとの楽しい思い出しかない。それなのに、今は別荘のことを考えると気分が沈んでいく。

　あの日、律子を連れて行かなければよかった。別荘に律子を連れて行かなければ、こんなに毎日嫌な気持ちにもならなかった。

「律子ちゃんとは、仲良くしてる?」

　お母さんが私の顔をじっと見る。私はクッキーに目線を落として、仲良くしてるよ、と呟くように言った。お母さんはニコッと笑って、よかった、とだけ言った。

　本当は最近、お金が足りなくなっていた。

　ポケットのスマホが震えて、律子からのメッセージだと思った。律子のメッセージだけは、通知が来る設定になっている。何気なく開くと、無機質な文字が並んでいた。

【春休み旅行行こうよ】

思わずお母さんのほうを向く。目が合って、お母さんが私に優しく笑いかける。

「どうしたの？」

笑顔だったお母さんは、私の表情を見て不思議そうにしている。

「律子が旅行に行きたいって……」

「あらいいんじゃない？　行っておいで」

あっさり許可が出た。止めてほしかった。律子が男の子だったら全力で止めてくれるのに、どうして律子は女なのだろう。今から男の子も来ることにしようか。いや、律子は男の子とあまり仲良くないとお母さんは知っているから不自然だ。

「クリーニングの日程調べてみるね」

お母さんはパソコンを取りに寝室に行った。律子と一緒に旅行に行かないといけない。旅行に行ってもお金を払うのは私だ。食事代も交通費も何もかも、二倍になる。だけど、下手に宿泊代を出すことになるよりは、別荘に泊まったほうが安く済むのかもしれない。

定期的に頼んでいる清掃の日とかぶらない日程を、いくつか教えてもらった。一番早い日程だと、テストが終わった次の日に行けるらしい。

律子に「いいよ。いつ空いてる？」とメッセージを送る。「家帰ったら手帳見る」と返信が来て、予定がわかるのは夜だろうと思った。

クッキーが最後の一つになり、私はこうしてお母さんと話すのが久しぶりだと思った。バイトのシフトを増やしたことを秘密にしてあるせいで、私は最近サークルが忙しいことになっていた。お母さんは、何かに気づいたのだろうか。気づいてないか。さすがに、律子がうちに直接連絡をするとは考えにくい。私が律子の実家の電話番号を知らないように、律子もうちの電話番号を知らないはずだ。

「ちょっと寝てくる」

ご飯までには起きてよ、とお母さんに言われ、そんなに寝ないよと笑って部屋に戻る。枕に顔をうずめて、うーっ、と唸ってみる。

最近の悩みはお金のことと律子のこととバイト先の人間関係が複雑になってきていることと自己肯定感が低いことと……。考えることがどれもつながっているせいで、頭が休まる暇がない。だけど、律子にお金を払うのをやめるわけにはいかない。お母さんにだけは言わないでほしい、とお願いしたときの、律子の笑顔。

——どうしようかな。

そう言ってこちらに向けた、子供のような笑顔。

——あさひのお母さんにあのことを話したら、どうなるかな。

手持ちの現金がない、と私がお金を出すのを渋《しぶ》るたびに、律子はこの質問をしてきた。そのたびに私はクレジットカードを出した。バイトをしてもお金が入ってこなければいいと思った。クレジットカードが止められてしまえばいいのにと思った。自分でお母さんに打ち明けてしまおうとも思った。全部なかったことにできればいいのにと思った。

律子に言わなければよかったと思った。律子と仲良くならなきゃよかったと思った。律子がいなければよかったと思った。

「え？」

律子がいなければよかった？

「なわけ」

自分の頭に浮かんだ嫌な考えを消すように、ぬいぐるみを抱き寄せて、そのまま眠りにつく。

その日の夜には律子から春休みのシフトが送られてきて、テストが終わった次の日から、私たちは三泊四日の旅行をすることになった。


「あさひ、なんか疲れてない？」

律子が車内販売で買ったじゃがりこをつまみながら言った。北陸新幹線に乗って軽井沢駅まで移動する。この新幹線代も、もちろん私持ちだ。

「そう？」

「うん、なんか髪の毛が荒れてる」

楽しそうに律子は笑い、私はそう言われたことによりさらに疲れてしまう。

律子はいつもすっぴんで髪の毛だってそのまま下ろして大学に来るのに、人の容姿には厳しいところがあった。生協学生委員会の人たちのメイクが濃くて、あまりかわいいと思えないとも、みちるの髪型は男ウケを意識しすぎだ、とも言っていた。人を裁きたがるところが、律子にはある。

私は定期的に縮毛矯正をかけないとうねってしまうくせ毛で、髪の毛が荒れてると言われるのは本当に嫌だった。律子は生まれつき直毛だから、私の悩みはきっとわからない。

「荒れてるかな、直さないと」

そう言って席を立ち、お手洗いを探す。前の車両にトイレのマークを見つけて歩こうとすると、律子が私の腕をつかむ。

「え、大丈夫だよ。別に髪型なんて、誰も見てないよ」自意識過剰なんだから、と律子は呆れたように笑った。

別荘に着くと、律子はお邪魔します、と言って私の寝室に荷物を置きに行った。律子と二人で泊まるときは私の寝室に律子が、お母さんの寝室に私が泊まることになっていた。私も荷物を仕舞おうとリビングを横切ると、ソファの上に縄跳び用の縄が置いてあった。どうしてこんなところにあるんだろう。お母さんが最近使ったのかもしれない。

懐《なつ》かしいな、と持ち上げると、金属の球が持ち手の中で移動するような、カラカラ、という音がした。ソファに置いておくのもおかしいので、玄関の靴箱の上に移動させた。

その日の夜ご飯は買ってきたお弁当を食べた。ただの駅弁も、ここで食べると特別な味がする。明日からの食事は、適当にスーパーで食材を買うか、近くにある定食屋〝さぐらだ〟とかで食べるはずだ。何日目に何を食べるかは特に決めていないけど、このあたりは十一時から十八時までしかお店が営業していないけど、朝ご飯以外は外食もできる。

食後、私はごみ袋に二人分のごみをまとめ、明後日がごみ出しの日だと気がつく。ここにごみ収集車は来ないけれど、近くの住宅地のごみ捨て場を借りてごみを捨てることになっている。

「律子」

「なに？」

「明後日ごみの日だから、どっちが出すか決めようよ」

「え、ごみ出しの場所、私わかんない」

「わかるでしょ、ここに来るの二回目じゃん」

「わかんないものはわかんないもん」

律子はそう言って、拗ねたようにスマホをいじっている。それからしばらく話しかけてみたけど、律子はまともに返事をしてくれなかった。私は、お金も全部払って、雑用もやって、この子の奴隷みたいだ。もう、奴隷だと思ったほうが気楽かもしれない。同じ立場なのに差があるのは、自分のせいだと感じてみじめになるけれど、もともと違う立場だったのなら、こき使われるのも仕方のないことだと思えるから。

食後、ネットフリックスで映画を観ていると、お酒に薬を入れるシーンが出てきた。私は翔太くんのことを思い出して、だけど律子は楽しそうに観ているので何も言わなかった。あのとき翔太くんにもらった薬は、まだポーチに入っている。私はどうして、あれを持ってきてしまったんだろう。考えながら、私は小さく深呼吸をする。息を吐ききったころ、映画の主人公が唐突に死んだ。

主人公不在のままで映画は終わって、特に感想を話すこともなく寝ることになった。私が沸かしたお風呂にそれぞれ入り、十一時くらいにはベッドに入った。今更、律子と夜通し話したいこともなかったし、向こうからしてもそうだったのだろう。

家のベッドよりも柔らかいマットレスは、今日一日の疲れをじんわりと溶かしていく。このまま私ごと溶けてなくなってしまえば、律子のことで悩む必要もなくなるのだろうな、と意味不明なことを考えていると、いつの間にか眠っていた。

*

小学校に入って初めての夏休み、発表会に向けてちゃんとしたピアノで練習するためにおばあちゃんの別荘に行くことになった。

一週間分の着替えを詰め込んだリュックを背負い、タクシーに乗ってウトウトしていたら、いつの間にか着いていた。

「じゃあ、あさひをよろしくね」

そうおばあちゃんに伝えて、お母さんは帰ってしまった。おばあちゃんはニコニコと笑って、ピアノたくさん練習しようねと言った。母屋に持ってきた荷物を置いて、離れに行こうと言われた。お母さんがいなくて寂《さび》しいけれど、私はもう小学一年生だから、泣かないほうがいいと思った。

玄関を出て小さな石で造られた小道を歩くと、離れに着いた。小さいおうちみたいだ。離れの横には灰色の大きな箱があった。しばらくそれを見ていると、

「倉庫だよ。悪いことすると、閉じ込められちゃうかもよ？」

とおばあちゃんが言った。

「……悪いことしない」

小さい声で言うと、あさひちゃんは立派だねとおばあちゃんが笑う。離れの中はひんやりと涼しくて、半袖のワンピースがサラサラと私を撫でる。

部屋の真ん中にはピアノがあった。先生の家にあるのと同じ、黒くて大きくて重そうなピアノ。

「このピアノはね、おばあちゃんも使っていたし、あさひのお母さんも使ってたものなんだよ」

「お母さんも？」

「そう。グランドピアノっていうの」

楽譜を読み、おばあちゃんの前で弾く。おばあちゃんは褒めてくれた。もうそこまで弾けるなんて、と褒めてくれた。それが嬉しくて、おばあちゃんが買い物に出かけてもピアノを弾いた。夜ご飯を食べてすぐにピアノに向かった。

次の日、朝起きてテレビを見ていると、おばあちゃんがリモコンでテレビの電源を落とした。

「ピアノの練習は？」

慌てて離れに行って、ピアノを弾き始めた。おばあちゃんが怒るところを、初めて見た。

しばらく練習すると、トイレに行きたくなった。離れにはトイレがなかったけど、おばあちゃんのいる母屋にはなんとなく行きたくない。私は外に出て、誰もいないことを確認してその場で用を足す。おばあちゃんは出かけていたみたいでばれなかった。だけどピアノを練習していれば、おばあちゃんは優しい。

また次の日、朝ご飯を食べてから離れに行って練習をした。グランドピアノは電子ピアノよりも鍵盤《けんばん》が重いから、疲れてたまに休みたくなる。母屋にはここの音は聞こえているのだろうか。わからないからできるだけ弾いておく。お昼ご飯を食べたら、少し休みたいとおばあちゃんに言ってみる。

「そう」

おばあちゃんは静かに言ったので、私は少し安心した。怒られるかと思っていた。

「ちょっと待っててね」

そう言われてお昼ご飯のサンドイッチを食べていると、おばあちゃんが戻ってくる。

「離れにおいてある楽譜を取りに行こう？　休憩中に見たくなるかもしれないし」

「うん、わかった」

おばあちゃんに手を引かれ、離れのほうに歩いていくと、倉庫の引き戸が開いている。さっきまで閉まっていたのに、どうしたんだろう。考えたところで、体が急にふわっと浮かぶ。

「えっ」

声を出したときにはもう遅くて、おばあちゃんは私を抱《かか》えて倉庫に連れて行く。本当に怖いとき、人は声が出ないのだと私は思った。倉庫に下ろされて、おばあちゃんに手を伸ばしたところで戸が閉められて鍵をかけられた。中にも鍵穴があったけど、私は鍵を持っていない。

まだお昼なのに、倉庫の中は真っ暗だった。中は離れと同じくらいひんやりとしていて、長袖に長ズボンの今日の格好は正しかったなと思った。助けて、と叫ぼうかと思う。すぐに、おばあちゃん以外には聞こえないだろうと諦《あきら》めるような気持ちがわいてくる。お母さんに会いたい。別荘に来てから、初めて泣いた。

夜ご飯の時間になるとおばあちゃんが倉庫のドアを開けてくれた。私は泣きながら、お母さんに会いたいと言った。おばあちゃんは、最初のうちは私をなだめていたけれど、少しして私が言った言葉で体を硬くした。

「お母さんに閉じ込められたって言う」

友だちに意地悪されて先生に言いつけるときのように、私はおばあちゃんのことをお母さんに言おうと思った。

「お母さんに電話できるまでご飯食べない」

「あさひちゃん……」

夜ご飯が並べられた食卓を、何も食べずに眺めた。お母さんに言いつけてやる。それだけで頭がいっぱいだった。

時計の針はぐるぐると回って、気づけば九時になっていた。

「あさひちゃん、何か欲しいものある？　なんでもあげるから、そうしたら、おばあちゃんのことお母さんに話さないでほしいな」

猫なで声になったおばあちゃんは、先生にチクられたくないと怯《おび》える子供みたいだった。もっと困らせたくなって、小さい声で言ってみる。

「あの倉庫の鍵」

「え……」

おばあちゃんは困った顔をしたけれど、それで秘密にしてくれるなら、と鍵をくれた。ズボンのポケットにするりと入れる。寝ているときに取ったら帰った瞬間にお母さんに言うと言ったら、おばあちゃんは夜も私に近寄らなかった。

最悪な夏休みはそうやって終わり、九月のレッスンで私はよく褒められた。順調にレッスンは終わり、発表会の曲は完成した。

　発表会当日、私はとても緊張していて、イメージトレーニングをしようと机にのせた手は、ふるふると震えている。みんなが見ている前で、ちゃんと弾けるだろうか。

　髪型は、お母さんが二つ結びにしてくれていて、スプレーやワックスで、前髪がずれてしまわないようにセットしてくれている。私が着ている紺色のワンピースは高かったらしく、汚さないように気をつけてと言われた。失敗したら、どうしよう。

「どうしよう」

　思ったことが、そのまま口から出ていた。

「ん？」

　お母さんは私の髪の毛を眺めたまま、何か心配なことでもあるの、と言った。

「失敗しちゃうかもしれない」

「失敗？」

「うん。みんなが見ている前で、失敗しちゃうかもしれない」

「あさひ……」

　お母さんは私の髪の毛をいじるのをやめて、ウエットティッシュで自分の手を拭《ふ》いてから私の手を包むように握る。そうして、手の震えがおさまるまで、両手をさすってくれる。

「大丈夫」

「でも……」

反論するように言い返すと、お母さんは首を振って柔らかく笑う。

「大丈夫。あさひは失敗しない。……ほら、もう大丈夫」

そう言われて指を開いてみると、手の震えは確かにおさまっている。

「大丈夫かな」

「うん、大丈夫。あさひは失敗しない。あさひは失敗しない……」

それから、お母さんは同じ言葉を繰り返した。私が失敗しないように、おまじないをかけてくれる。

「あさひは失敗しない」

最後の一回を、お母さんは私の目を見て言ってくれた。

「間宮あさひさん」

係の人に、出番まであと三人になったと伝えられた。お母さんはさっと髪の毛を整えてくれて、そのまま舞台袖まで一緒に移動する。舞台袖には先生がいた。リハーサルと同じようにすれば大丈夫、と先生がにっこり笑う。

本番の記憶は、あまりない。前から照らされるライトがすごくまぶしかったせいで、観客席がよく見えなかった。

演奏が終わって舞台袖に戻ると、お母さんが幸せそうな笑みを浮かべていた。目元がキラキラしていて、今日はお化粧が濃いなと思った。

「あさひ、失敗しなかったね。えらかった。本当によく頑張ったね」

ピアノを練習どおりに弾けたことよりも、お母さんが喜んでくれたことのほうが、よっぽど嬉しかった。

発表会のプログラムがすべて終わり、私たちは父方、母方あわせて四人のおじいちゃんおばあちゃんと一緒に、近所のイタリアンで夜ご飯を食べた。お昼は時間がなくておにぎり一つしか食べられなかったので、私はたくさん食べた記憶があり、みんなそれを見て喜んでいた。お母さんは私が失敗せずに演奏を終えたことを褒めてくれた。

デザートが運ばれてくるころ、お母さんが私に目を瞑《つぶ》るように言った。おじいちゃんたちもにこにこと笑っていたので、私はみんなの前で目を瞑る。十数秒して、目を開けるように言われる。

目を開けると、赤色の箱があった。

「あさひ、今日はよく頑張ったね」

お母さんがそう言って、箱の底についているねじを回す。それから蓋を開けると、バレリーナの人形が中でくるくると回っていて、箱から今日弾いたメヌエットが流れてくる。

「これはオルゴールって言って、ねじを回すと音楽が流れるの。あさひが今日、上手に演奏したことを、いつでも思い出すことができるよ」

「……ありがとう」

私は、本当にお母さんが喜んでくれたのだと思った。誕生日とクリスマス以外に、めったにプレゼントをくれることはないお母さんが、プレゼントをくれたから。失敗しなくて、本当に良かった。それから、おばあちゃんたちからもいろいろなものをもらったけど、どのプレゼントも、あまり記憶にない。

それから、バッハのメヌエットは、私にとってとても特別な曲になった。次の年もその次の年も、ピアノの発表会の前日には必ずオルゴールを聴いた。失敗してしまうかもしれない、というふうに日常生活で思うようなことがあると、私は家に帰ってオルゴールを流すことにしていた。

そしてオルゴールの中に見つけた隠し扉に、あのときの鍵を入れた。

バッハのメヌエットのオルゴールを鳴らすたびに、お母さんの声がする。

あさひは、失敗しない。

＊

次の日は朝から買い出しに行ったり、よさそうなカフェがないかを調べたり、律子のために働く一日、という感じだった。別荘にはレトルト食品がストックされていたけれど、どれも律子は気に入ってくれなかったのだ。

朝ご飯はトーストとコーヒー、昼ご飯はカフェで日替わりランチ、夜ご飯をどうしようと思っていると、お金が足りないことに気がつく。

お金が足りない。どうしてだろう。三泊四日だから、念のため五万円入れてきたはずだ。先月のバイト代もあわせて、持ってきたはずだ。どうしてないんだろう。二万円しか持ってきてないことになる。三万円を忘れてきた？　いや、とにかく、今日の夜ご飯だけ何とかすればいい。あと五千円はある。

律子を呼んで、夜ご飯は何がいいか聞いた。

「え、別に何でもいいよ。あさひにお任せする」

「……そう」

私は薄く笑って、一人でスーパーに出かけた。冷凍ピザとカップのスープ、それからお酒を少し買って帰ろう。

スーパーで、まずマルゲリータのMサイズをかごに入れ、冷凍のものを最初に取ったら解けてしまわないか心配になった。だけどまあ、いいか。もともとそんなにおいしくはないだろうし。それからコーンポタージュを買い、綺麗な青色のスパークリングワインがあったのでそれも買った。律子はお酒が飲めるけど飲み会はそんなに好きじゃない。酔わないと話せないことは、話さないほうがいい、という考えらしい。

買い物を済ませると、お札は一枚も残らなかった。だけど、明日はきっと少し離れたところにあるアウトレットモールに行くことになり、そこではクレジットカードが使えるから、現金はいらない。苦笑いを浮かべて、別荘を目指して歩き続ける。

別荘に帰って電子レンジでピザを温め、湯沸かしポットに水を入れてスイッチを押す。律子はスマホをいじっていて、でも多分誰からも連絡は来ていないだろう。スパークリングワインを、普段は水を入れるようなすりガラスのコップに注ぐと、やっぱりきれいな青色で、私は翔太くんの乾いた声を思い出す。

——あさひちゃん、飲む?

人生で一番おいしかったものは何かと聞かれたら、あの日に飲んだマリブサーフだと答えると思う。翔太くんが家で作ってくれた、マリブとブルーキュラソーとトニックウォーターを混ぜた、あのカクテル。

あのとき、翔太くんに渡された、錠剤がある。

——これね、薄い青色の錠剤だけど、水とか酒に溶かすと、ほら。青くなる。

湯沸かしポットのスイッチが切れて、私はスープ用のカップにコーンポタージュの粉末を入れて、お湯を注ぐ。

——何だかわかんないでしょ。これ、睡眠薬。単体だとそんなに強くないんだけど、酒と合わせるとめちゃくちゃ強くなるんだよね。

お湯がはねて足にかかる。熱い。慌てていると電子レンジの音も鳴って、ピザを載せる大きな皿を出さなくてはいけなくなった。皿にピザを載せ、私は自分の部屋にポーチを取りに行く。

――だから、男と飲んでて青い酒が出てきたら、あさひちゃんも気をつけたほうがいいよ。

部屋にあったポーチの中には、薄い青色の錠剤が一つ入っている。ポケットに入れて、キッチンに向かう。

「あさひ？」

律子がキッチンをうろうろしていた。今ワインを持っていかれたら困ると思い、ピザを持っていってほしいと伝える。律子はおっけーと軽い声を出してピザを食卓に持っていった。私はポケットから錠剤を取り出して右側のワインに入れた。近くにあった菜箸《さいばし》を使って混ぜると、錠剤はあっという間に溶けて、ワインの色が少しだけ濃くなった。すりガラスのコップにしてよかった。普通のコップだったら、色の違いが律子にばれてしまうかもしれない。

「スープも持っていっていい？」

「え？」

振り向くと、すぐ後ろに律子がいた。私は菜箸を水道水で洗って、自分のスパークリングワインも混ぜて見せる。

「いいよ。ねえ、なんかこのワイン、スパークリングって書いてある割に泡《あわ》少なくない？」

「そう？」

律子はそう言って楽しそうに笑い、スープを運んだ。私もワインを両手に持ち、右手に持っていたものを律子の席に、左手に持っていたものを自分の席に置いた。律子はネットフリックスで何を見るか悩んでいたが、食事中は見ないことにしたらしく画面を消した。

私は律子を眠らせて、どうしたいのだろうか。お酒を飲みたがらないだけで弱くはない律子は食事が終わるころにはワインを飲み干していた。私の頭の中は、不安で真っ白になる。

お皿を片付けたあとに見たのはオリジナル配信のドラマで、女性同士の連帯を描くものだった。私は律子の様子をうかがいながら、ふわふわとした気持ちで過ごしていた。

ドラマを見た律子は、女性同士の連帯とか、実際絵空事だよねと笑った。結局結婚しないといけないし、女子ってすぐ泣くし裏切るし腹黒いし、連帯も何もないでしょ、と言った。結婚したがっているとは思っていなかったので、結婚したいのかと聞くと、予想とは少し違う答えが返ってくる。

「結婚したいわけじゃないいんだけど、結婚できない人だと思われたくないんだよね」

昨日、新幹線で髪型を気にする私のことを自意識過剰だと言っていた律子が、明らかな被害妄想にとらわれているのは面白かった。だけど律子が考えていることが正しくないと困るので、その気持ちわかるかも、とあいまいに同意しておく。

律子が眠ってしまったら、私はどうするんだろう。カーテンを閉め忘れたせいで離れがぼんやりと見える。おばあちゃんとここで過ごしたときのことを、ふいに思い出す。

リビングで目を覚ますと、夜中の一時だった。律子は眠っていて、睡眠薬が効いているのか普通に眠っているのかよくわからない。玄関の鍵を閉めたのかが急に気になって、部屋を出る。鍵はちゃんと閉まっていた。

「よかった」

呟いて、靴箱の上に縄跳びが置いてあることに気づく。まみやあさひと書かれている。リビングに戻っても律子が眠っていたらどうしよう。そう思い、縄跳びを手に取る。

リビングのソファで律子はだらしなく眠っていた。口は閉じていたけれど、姿勢がなんだかだらしない。起きて、と声をかけても、律子は眠っていた。

律子がいなくなればいいのに。

頭の中を、前と同じ想像がかすめる。お金が足りない。お金がない。五万円おろそうとしたら残高が足りなくて二万円しかおろせなかったのだ。よく覚えていないけど、そうとしか考えられない。私は今まで、失敗しないで生きてきた。正しく生きてきた。その生き方がうまくいかなくなった原因は、律子だった。翔太くんとのことをお母さんに言ったらどうなるかな、とか言うから。お金を出させようとするから。

律子の頭の近くに寄って、頰を触る。律子は起きる様子がなかった。頭を軽く持ち上げて、縄を首の下に通す。律子の髪の毛はまっすぐで柔らかくて、癖毛の私はそれが羨《うらや》ましくなった。眠る律子を上から眺めるのは、何とも言えない征服感があった。あの日、翔太くんが薬を使ってまでセックスしようと思ったのは、この感覚を味わいたかったからかもしれない。持ち手の部分から、金属が転がるような音がしたので、音が出ないように持ち手を押さえて縄を首の上でクロスさせ、一気に力を入れる。

律子の寝息のようなものが聞こえ、気味が悪くてもっと力を込める。律子は罰を受けるべきだと思った。縄が引きちぎれるくらいに力を加える。律子が目を開く。何か律子が叫ぶのが聞こえて、私はもっと手に力を入れる。この子を、黙らせないといけない。

律子の体が、急に重くなる。目は開いたままで、気味が悪かった。

しばらく律子を眺めていると、温かい液体が、膝《ひざ》のあたりに水たまりを作っていた。何だろう。においを嗅《か》ぐと、それはトイレの臭《くさ》いによく似ていた。

「律子」

呼んでも返事がないので、ふと、心臓のあたりに耳を当てる。

「……生きていない」

私は、律子を殺してしまった。失敗しないで、殺せてしまった。

「お母さん」

律子のすっぴんを眺めながら、私はお母さんが唱えてくれた呪文《じゅもん》を思い出していた。

自分の部屋から持ってきたオルゴールのねじを回すと、バッハのメヌエットが静かに流れてきた。

*

小学校時代、四年生になってすぐに縄跳びカードが配られた。前跳び、後ろ跳び、交差跳び、二重跳びなど、跳び方がいろいろと書いてあって、みんなの前で披露して、できたら先生にウサギのスタンプを押してもらえる。

私は運動が苦手だった。体育が嫌いだった。水泳の授業では「泳げない組」だったし、跳び箱の授業では一段に挑戦し続けていた。だから私とペアを組むと、相手にまで恥ずかしい思いをさせてしまうことが多かった。

それなのに、優《ゆう》ちゃんは私とペアを組んでくれた。親友だから当然だという。優ちゃんはものすごく運動ができるというほどではないけれど、私ほど苦手ではなかった。先生からも気に入られているので、体育の成績はいつも「たいへんよくできました」だった。

だから縄跳びの授業でも、優ちゃんにペアになってもらっていた。ペアの子が跳んでいる間、もう一人はその子がちゃんと跳べるかをチェックする役割を与えられていた。たとえば前跳びの時間だったら、まず優ちゃんが跳んで、一分間で二十回跳べたことがわかれば、私は先生のところに優ちゃんの縄跳びカードを持っていく。そうして先生にスタンプを押してもらって、優ちゃんに縄跳びカードを返したら、次は私の番。

前跳びは全員が跳べるから、先生のところに並ぶ列はとても長い。だけど後ろ跳び、交差跳びと難易度が上がるにつれて、跳べる人が少なくなっていく。二重跳びができるのは、最初はクラスで五人だけだった。

授業を重ねるごとに、だんだん難しい跳び方でも跳べる人が増えていった。いまだに二重跳びができないのは、私と、同じく運動音痴の真子《まこ》ちゃんと、クラスで一番太っている田中《たなか》くんだけだった。

優ちゃんは、一部の女の子がズルをしていると言っていた。この方法はペアの相手が跳べているかどうかを見るのが私たちに任せられていたから、跳べていなくても先生にスタンプを押してもらうことができた。優ちゃん曰《いわ》く、さやかちゃんとゆりちゃんは、お互いに二重跳びができていないのにお互いの縄跳びカードを先生のところに持っていって、スタンプを押してもらっているらしかった。私の分もズルしてくれないかと思ったけど、間違ったことが大嫌いな優ちゃんに、そんなことを頼むことはできなかった。

その日は、最後の縄跳びの授業だった。

前回の体育の授業で、最後に、今まで跳べなかった跳び方だけをチェックすると言われた。つまり、今日二重跳びのチェックを受けるのは、私と真子ちゃんと田中くんだけだった。みんなが見ている中、一分間、二重跳びに失敗し続けることを考えると、それだけで憂鬱だった。

だけど今日の縄跳びは、いつもと違う縄跳びだった。お母さんが買ってきてくれた、新しい縄跳びだった。

バッハのメヌエットも聴いてきた。私は今日こそ、跳べると思った。

いつものように準備体操をして、ウォーミングアップに鬼ごっこをした。一時間目が体育だったから、二重跳びを練習する時間はなかった。だけど、私は跳べる気がしていた。できる気がしていた。

「じゃあ縄跳びチェックをはじめますね」

先生は名簿を見て、二重跳びからかな、と呟いた。二重跳びのあとには「はやぶさ」とかもあったけど、それはできない人が多かったから問題じゃなかった。みんなができるのに、私にできないことがあるのが問題だった。

「二重跳びがまだの人〜」

先生が言って、私は立ち上がる。優ちゃんは、私だけをじっと見ていた。今日は先生が見てくれるからチェックする必要がないのに、私のことをじっと見ていた。真子ちゃんと田中くんも立っていて、みんなの視線が集まってきて恥ずかしかった。

「じゃあ先生が笛を吹いてから一分間だからね」

言葉が聞こえて、いくよ、という声のあと、笛の音が響いた。

縄を回す。ひゅん、という音がして、私の足をくぐろうとする。脇《わき》をしめたほうがいいと、お母さんが言っていた。前跳びをして体を慣らして、二重跳びのイメージと自分を重ねる。私が跳んでいる間に、二回だけ縄を前に回せばいい。それだけ。それだけだ。

ひゅん。

音がして、跳んで、また回して、まだ跳んだままで。

「あ」

二回目の、ひゅん、が聞こえた。私の足が地面に着いたのは、その音のあとだった。

跳べた。

バッハのメヌエットのおかげかな。いや、私の努力のたまもの？　それか、最後に起きた奇跡なのかも。

優ちゃんのほうを見ると、私の顔を見てにこっと笑った。

「あさひちゃん、跳べた！」

よかった。

失敗しなくて済んだ。

クラスみんなの前で、失敗しなくて済んだ。

気が抜けて、ふわふわと笑っていると、優ちゃんが先生のところに縄跳びカードを持っていってくれて、私のカードに、一つスタンプが増えた。

帰りの会で先生が、明日は習字の授業があるから持ち物を確認するように、と言った。日直の琴音《ことね》ちゃんが、

「ほかに連絡がある人はいませんか」

と言うと、優ちゃんが立ち上がった。

「あさひちゃんは、今日、ズルをしました」

クラスのみんなは黙っていた。いつもうるさい長浜《ながはま》くんと越田《こしだ》くんも、優ちゃんと私を交互に見て、何も言わなかった。

「クラスのみんなに、謝ってほしいです」

教室がざわめきだす。

「ズルってどういうこと」「あさひちゃんと優ちゃんって、親友じゃなかったの?」「謝ることってなんだろう」「今日の漢字テストのカンニングとか」「え、それやばくない?」「やばいやばい」たくさんの声が、耳の中を通って、心に直接刺さってくる。私の心臓はばくばくと音を立てていて、先生は困ったように優ちゃんを見た。

「間宮さんがズルをしたって、どういうことかな。先生にも聞かせてちょうだい?」

先生の声を聞いて、優ちゃんは得意げな顔をした。優ちゃんはゆっくりと椅子を引き、教室の前に立った。先生は、優ちゃんを止めなかった。

「間宮あさひちゃんは、今日の体育の授業で、改造された縄跳びを使っていました。持ち手の部分におもりが付いた、改造された縄跳びを使っていました」

優ちゃんは私に、縄跳びを持ってきて、と言った。体育着袋から縄跳びを取り出すと、前から歩いてきた優ちゃんに取られた。クラスメイトは教卓に置かれた私の縄跳びに集まって、改造だと騒いだ。

「静かに！」

先生が声を荒らげると、みんな自分の席に着いた。お母さんに買ってもらった綺麗に結んだはずの縄跳びが、教卓の上でぐちゃぐちゃになっていた。今すぐここから逃げ出したかった。教室から出たかった。だけど学校の教室には不思議な力があって、一歩も動くことができない。

「間宮さん、改造された縄跳びだっていうのは、本当なの？」

黒い二つの目が私を見据えて、目をそらすと、たくさんの黒目がきょろきょろと私をなぶった。

「改造は禁止って、プリントを配ったはずだけど」

先生は自分の机からぺらぺらの紙を一枚取り出すと、私の席まで歩いてきて机に置いた。プリントを見た私は、うつむいたような姿勢になった。

紙には、二重跳び用に改造された縄跳びを使うことを禁止すると書かれていた。私も、この紙を見たことがあるはずだと思った。家にあるはずだと思った。だから、普通の縄跳びを、今まで使っていた。

昨日お母さんが買ってくれた新しい縄跳びは、改造された縄跳びだった。だから跳べた。

バッハのメヌエットのおかげでも、私の努力のたまものでも、最後に起きた奇跡でも、何でもなかった。

「あさひちゃん、ズルしちゃだめだよ」

いつの間にか私の前に移動してきた優ちゃんが、こちらを見下すような、嫌な顔をして言った。もうこんなことをしないでね、と先生が言って、帰りの会は終わった。

クラスメイトがみんな帰ってしまうまで、私は縄跳び改造禁止のプリントを読んでいた。お母さんも、このことを知っていたはずだった。私が失敗したくないと言ったから？　いや、言っていない。お母さんが勝手に、私を助けようとした。

「あさひちゃん」

みんな帰ったはずなのに、顔を上げると優ちゃんの顔があった。

「何？」

もしかしたら、許してくれるのだろうか。それで、一緒に帰ろうと、言ってくれるのだろうか。

「あさひちゃんに、話さないといけないことがあって」

さやかちゃん来て、と優ちゃんが言って、私の前には優ちゃんとさやかちゃんが二人でいた。

「あさひちゃんは、もう、親友じゃないから」

「え……？」

「これから私の親友は、さやかちゃんだから」

じゃ、そういうことで、と大人びた口調で言って、優ちゃんたちはいなくなった。教室を出る直前に「バイバイ、ダサひちゃん」と言ったのが聞こえた。

それから、五年生になってクラスが替わるまで、私は「ダサひちゃん」と呼ばれた。先生は注意してくれたけど、みんな「あさひちゃん」と呼んでいますと言って譲らなかった。改造ではない新しい縄跳びの縄を買ってもらった。改造のものはお母さんが別荘に行ったときに置いてきた。今でもたまにダイエット用に使っているらしい。

五年生になって、ピアノをやめて塾に通い始めた。中学受験をするためだった。五年生になってクラス替えがあったので、優ちゃんとは別のクラスになった。優ちゃんはもちろん、私も受験をすることになっていた。同じ塾には通わなかった。四年生のころから、優ちゃんには無視されるようになっていて、私は同じクラスになった真子ちゃんと一緒にいることが多かった。

中学受験の前日も、オルゴールでメヌエットを聴いた。第一志望は落ちちゃったけど滑《すべ》り止めに受かって、電車に乗って中学に通い始めた。グレーのブレザーがかわいい女子校だった。

中学では彩花《あやか》ちゃんとか美希《みき》ちゃんとか貴子《たかこ》ちゃんとか、いろいろな子が、私の「正しさ」の基準だった。

「まずは、うまい人の文字を真似することが大切ですよ」

先生にそう言われたのは習字の授業のときだったけど、私にとっての生活は習字と似ていた。特に学校生活は、友だちというお手本を自分に当てはめて、そこからはみ出た部分を切り取っていくことの繰り返しだった。お手本は、誰でもよかった。学校生活で失敗してしまわないことが、何よりも大切だった。友だちの感情を真似て笑顔を作ったり泣いたりすることは、中学で学んだことだった。

「あさひは失敗しない」

そう繰り返してくれたあの日のお母さんを、裏切ってしまわないように、私は、失敗するわけにはいかなかった。

それから、失敗しないで生きてきたつもりだった。

友だちの真似をして、浮かないように、はみ出ないように、必死に頑張ってきた。

成績だって、先生に怒られないけど友だちからも嫌な顔をされない、中の上くらいをキープした。近くにいた友だちと同じ部活に入って、そこでもみんなの真似をした。

そのおかげで「変わってる」といじめられることもなかったし、二人組を作ってくださいと言われて焦る必要もなかった。私は、一人ひとりの友だちと、いつも二人組を組んで行動していた。真子ちゃんとも彩花ちゃんとも美希ちゃんとも貴子ちゃんとも、それから、律子とも。だから私は、失敗するはずがなかった。お母さんが繰り返し唱えてくれたように、失敗しないはずだった。

なのにどうして。

＊

食卓椅子で眠ったせいか、背中が痛い。ソファに目を向けると、律子が動かなくなっていた。

「律子」

声をかけても、律子は目を覚まさない。トイレのようなにおいがする、なんだかよくわからない体液が、リビングに広がっている。

何が起こったのだろう。

ぼんやりと、律子はもう目覚めないのだということに気づいた。そうか、律子は死んでしまったんだ。

「どうしよう」

手が、指が、声が、震えている。二月だから。寒いから。いや、そうではなかった。

――ヘンゼルとグレーテルに出てくるお菓子の家の魔女って、実は母親なんだって。

律子の言葉が、耳の奥で鳴っている。それは、声というよりも楽器みたいで、オーケストラの楽器というよりは電車の発車メロディーの、パソコンから出力された音に近かった。

ぼんやりと聞きながら、お母さんが買ってくれたオルゴールのネジをゆっくりと回す。磁石のせいで逃げられないバレリーナの人形の頭に、血が上っていく。もちろん、蓋は閉まっているから、見えないのだけど。

五回ほどネジを回して、赤色の箱を床に置く。重い蓋を開けると、オルゴールからはバッハのメヌエットが流れる。バレリーナの人形が、少しぎこちない動きで、くるくると回る。

別荘の壁はとても白くて、ソファからはトイレのようなにおいと、食べかけのピザのにおいがした。

「律子」

ソファのほうに声をかけてみるけど、律子は返事をしなかった。

何が起こったのだろう。

とぼけるように思いながら、私は自分が気づいているのを、ぼんやりと感じた。律子はもう目を覚まさないのだと、動かないまつげをじっくりと見る。

律子の細い首には、くっきりと跡がついている。

ああ、さっき、私が。

「どうしよう」

呟いてから、オルゴールの音が止まっていることに気がついた。五回くらい回しても、曲はそんなに長くは流れないらしい。代わりにメヌエットを口ずさみ、お母さんを思い出す。私を撫でてくれた手を、思い出す。

曲の切れ目に息を吸って、少しずつ吐《は》き出す。だけど落ち着くことはできなくて、また同じ曲を口ずさむ。オルゴールから流れる音には、ピアノの楽譜にはなかった音が、細かくたくさん入っている。私が習ったときに使ったのが子供用のだったからかもしれない。

視線を下ろすと、両手が震えている。小学生のころのピアノの発表会を思い出して、また呼吸が浅くなる。

「あさひは」

自分の声がリビングに響く。どうしてこんなときにも、あのおまじないを思い出してしまうのかわからない。

「あさひは失敗しない？」

律子を見下ろして、目のくぼみがリアルだと思った。どこかの博物館で見たことがある、蠟《ろう》人形のようだった。

自分の声が頭に届くのには、普段よりも時間がかかった。

この部屋にはもう誰もいないのに、誰に聞いているんだろう。誰も答えてくれないとわかっているのに、どうして、あのおまじないをかけてもらうのを待っているんだろう。

また、メヌエットが始まる。同じ曲が何度も繰り返し頭の中を流れていて、自分で止めることができない。

どうしたらいいのかわからず、私はまたオルゴールのねじを回す。

「お母さん」

声に出すと、頭の中の音楽が、すうっと消える。

「どうしよう……」

ねじを回すのをやめて、オルゴールを床に置く。蓋を開けると、また同じ音楽が流れてくる。

バレリーナの人形が、くるくる回る。

蓋が開いている間、メヌエットが流れる間、この人形は回り続ける。

「律子を、殺しちゃった」

そう呟いて、お母さんが声をかけてくれるのを待った。あのおまじないを、いつもみたいに、私の両手を握って、かけてくれるのを待った。だけど私に声をかけてくれる人は誰もいなくて、私は律子に話しかける。

「なんで」

律子の両目は閉じていて、眠っているみたいに見える。死体と一緒に夜を明かしたことはなかったけれど、思ったよりも怖くなかった。縄跳びの持ち手を触ると、カラカラ、と音がする。

私は、失敗してしまったのだろうか。

人を殺すというのは、失敗なのだろうか。失敗か。普通に犯罪だし。私はもう成人してしまっていて、当たり前だけど少年法は適用されないから、見つかったら実名で報道されるのだろう。

お母さんもお父さんも、あんまりいない友だちも、近所の知り合いも、習っていたピアノの先生も塾の先生も、それから学校の先生と大学の同級生も、ああ、翔太くんも、びっくりするのだろうか。がっかりするのだろうか。それとも「いつかやると思ってました」なんて、テレビで声を変えて言ったりするのだろうか。テレビでよく見る「そんなことする子には見えなかった」みたいな、バカなことを言う人もいるかもしれない。

お母さん。

お母さんに、会いたい。

お母さんに、どうしたらいいのか聞かないといけない。

お母さんに、あのときみたいに「あさひは失敗しない」と言ってもらいたい。

お母さんに、お母さんに、お母さんに……。

スマホを開いて、お母さんに電話をかける。電話はすぐにはつながらなくて、つながったとしても、なんて言えばいいのか私にはよくわからない。三回かけたときにようやくつながって、お母さんは趣味のフラワーアレンジメント教室に来ていると言った。毎週日曜午前中は、教室があるのだという。

「だからあと一時間後くらいにかけなおしてくれると助かるんだけど……」

聞きたかった声が聞こえると、我慢していた涙がにじんでくる。加害者の癖に被害者ぶって、ばかみたいだと思う。

「どうしよう」

「……あさひ?」

「どうしよう、お母さん。私、取り返しのつかないこと、しちゃったみたい」

「あさひ、どうしたの。今律子ちゃんと一緒に別荘にいるんじゃないの?」

「律子のこと、私……」

「あさひ、しっかりして」

そう言って、お母さんは教室を抜けてこっちに来ると言った。お母さんが来るとわかり、私は子供のように泣き始める。

「お母さん。ごめんなさい」

律子の死体のほうから、かた、と音がした。生きていた律子も怖かったけど、生きていない律子も怖い。寝室でお母さんを待つことにした。

別荘に持ってきたオルゴールの動きは止まっていて、中にある人形を眺めると楽しくなさそうに見える。人形を撫でていると、ぽろっと外れた。人形のあった場所に、音楽を鳴らすネジとは別のネジが現れる。

「なんだろう……」

回してみると、平らだった土台の部分がくるくる回り、ゆっくりと土台が開く。中を見ると、家の鍵とは違う鍵が入っていた。なんの鍵だったのか、思い出せない。だけどこの隠し扉の閉め方はわからなくて、このままにしておいたらお母さんに勝手に見られるかもしれない。オルゴールごとひっくり返して鍵を出すと、ワイドパンツのポケットに入れておいた。

第3章

目を覚ますと、お母さんがいた。私が寝ている部屋に椅子を置いて、スマホを見ている。私はお母さんを待つつもりだったのに、いつの間にか眠ってしまったみたいだった。もう十二時半だ。

「起きた？」

お母さんはにっこり笑って私の布団をやさしく剝《は》がすと、お昼ご飯は何を食べようか、と旅行にでも来たみたいに言った。

「今、お金、あんまりなくて」

「お金ならお母さん出すから気にしないの。何食べたい？」

「……〝さぐらだ〟のポークジンジャー」

近所にある定食屋さんに、急に行きたくなった。ポークジンジャーを思い浮かべたせいかお腹も鳴って、私とお母さんはいつものように笑いあう。

「でも」

律子のことを唐突に思い出す。お母さんがいる安心感で、一瞬忘れていた。悪い夢を見たのであってほしかった。

「ああ、律子ちゃんのこと……」

お母さんは閉じられたドアに目をやった。もう、律子の死体を見たのだろう。

「わざとじゃ」

言い訳みたいな言葉が、口をついて出てくる。

「……わざとじゃないの。だけど」

だけど。そのあと自分が何を言いたいのかもよくわからなくなり、私はくちびるとくちびるをこすり合わせる。指はだんだん震えてくる。隠そうとして押さえると、震えはさらに激しくなる。

「どうしよう」

お母さんが椅子から立って、ベッドの近くに来てくれる。それから久しぶりに私の髪を撫でてくれて、何も言わずに私の言葉を待ってくれる。

「どうしたらいいと思う?」

私の問いかけに、何も答えない。髪の毛が撫でられている感覚だけが、空っぽの頭をゆらゆらと優しく揺さぶる。

「私、取り返しのつかない失敗をしちゃったの」

お母さんと目を合わせることができなくて、布団をじっくりと見る。お父さんも今日はお休みのはずで、急にお母さんがいなくなって困っているかもしれない。ふとお父さんがとてもかわいそうだと思った。

「律子を、殺しちゃったの」

震えるくちびるがうっとうしくて、歯で噛み切ってしまいたくなる。自分の口から事実が聞こえてくる感覚がして、私の脳みそは現実逃避をしようとしているのだと、妙に冷静に思った。

お母さんは私の頭を撫でるのをやめ、背中をさすってくれた。気づかないうちに、息が荒くなっている。

「どうしたらいいの。自首すればいいの。律子を殺しましたって、警察に言えばいいの。その場合はどこの警察に言えばいいの。群馬？　東京？　とりあえず一一〇番通報すればいいのかな。私は人を殺しましたって。というか夜中のうちにすればよかった。夜中なんだよね、首を絞めちゃったの。お母さん。どうしたらいいかな。本当にごめんなさい。人を殺してほしくて、私を育てたわけじゃないよね。肝心なところで取り返しのつかない失敗をしてしまって、本当にごめんなさ……」

「あさひ」

私の言葉をさえぎって、お母さんが強い声を出す。

「違うでしょう？」

「え……？」

何が違うのか、よくわからなかった。私は、失敗していない？

「もしかして」

部屋のドアを勢いよく開けて、律子が死んでいたソファに駆け出す。律子は死んでいなかったのかもしれないと、お母さんの態度を見て思った。

「なんで」

リビングに行くと、やっぱり律子は死んでいた。目を閉じて。体液を漏らして。死体は少し臭《にお》って、ここでご飯を食べたくないと直感的に思ってしまう。

「……違くないじゃん」

お母さんに聞こえるかどうかわからないような小ささの、だけど怒りのこもった声が出る。

「やっぱり、私は失敗したんだ」

律子から目をそらして、私はティッシュで鼻をふさぐ。

「人を、殺しちゃった」

お母さんに会った安心感からか、どうしよう、という焦りもなくなって、ただ、自分が失敗してしまったことを受け入れるのに時間をかけていた。律子が死んで悲しいという気持ちは、いつまでたっても浮かばなくて、私は人間ではなくなってしまったのではないかと怖くなる。

「あさひ、違うでしょう？」

いつの間にか、隣にはお母さんが立っていた。

「あさひは失敗しない。そうでしょう？」

そう言うと、お母さんはオルゴールのねじを回し始める。

「小学生のとき、ピアノの発表会で、あさひが失敗するかもってあまりにも心配するから、お母さんずっと、あさひは失敗しない、って、言い続けた。三年生になって習字の宿題が出たときも、四年生の体育の授業で二重跳びのテストがあったときも、塾の宿題に間に合いそうになかったときも、お母さんは繰り返し言ったでしょう。あさひは失敗しないって。それであさひ、失敗しないで生きてきたじゃない。……でも、そういえば、前にもあさひが失敗しちゃったって言ったことがあった。ほら、中学受験で第一志望に落ちたとき、あさひは大騒ぎしたじゃない。結局、滑り止めの学校は受かっていたから、ちょっとルートを変えることができて、あの不合格は失敗じゃなくなった。あさひはまだわからないかもしれないけど、生きていると、いろいろなことがあるの。失敗だと感じることも、たくさんあるかもしれない。だけどね、あさひ、覚えておいてほしいのは、失敗しても、まだ別のルートが残っている可能性があるっていうこと。中学受験の滑り止めの学校みたいな、あさひを救ってくれる、別のルートが、いつだって必ずある」

「別のルート……？」

「そう。必ずあるの。だって」

お母さんはそう言って私の涙をティッシュで拭《ぬぐ》うと、にっこりと笑って言った。

「あさひは、失敗しないもの」

〝さぐらだ〟はいつもどおり空いていて、私は律子ともここに来るつもりだったことを思い出す。

「何人?」

いつものおばちゃんがそっけなく言う。二人です、とお母さんが言って、私たちは暖房の効いたテラス席に通された。

おばちゃんがメニューを持ってくる。水を注いでいる間に、頼むものを決めないといけない。この店にはいろいろなルールがあって、おばちゃんが絶対的に正しい、みたいな空気があった。四種類の定食があるけど、同じテーブルで違う種類を頼むとおばちゃんの機嫌が悪くなる。初めて来たとき、お父さんとお母さんと私とで全員別のものを頼んだら、わかりやすくおばちゃんの動作が雑になった。私とお母さんは微笑みあって、同じものを頼む。

「ポークジンジャーのセット、二つ」

「はい」

おばちゃんは、かしこまりました、とも、ありがとうございます、とも言わない。そんなところが、私は割と好きだった。お母さんはおばちゃんを面白がっていて、お父さんはこのお店が少し苦手なようだった。ため口で話しかけてくる店員さんという存在が受け入れられないらしい。

だからこのお店は、お父さんがいないときに来ることになっている。

「久しぶりに来た気がする」

お母さんは〝さぐらだ〟名物の汚い池を、嬉しそうに眺めている。

これから、私はどうなるんだろう。

私は人を殺したことがないし、身近に人を殺した人もいなかったから、この後どうなるのか、予想がつかなかった。今まで、たいていのことは、過去の自分の経験か知り合いの過去の経験を真似すれば解決できた。たとえば好きな人からラインでスタンプだけが送られてきた状態は、脈ありなのか脈なしなのか、とか。私は知り合いにそういうことを相談する習慣がなかったけれど、知り合いに聞けなければインターネットの誰かに教えてもらえばよかった。ネット上の知恵袋はやっぱりすごくて、私の悩み事は全部「解決済み」なんじゃないかと思うほどだった。今までも、困ったことがあるとすぐに、検索して解決してきた。

料理が来るまでの間、お母さんとは話すことがなかった。というよりは、こんなオープンな場所で話せることがなかった。

スマホで知恵袋を開き、検索ワードの入力画面に移る。

【人を殺した】

入力して、検索ボタンをクリックする。かなりの数の質問がヒットして、日本では思ったよりも殺人事件が起こっているのではないか、と変な錯覚を起こしそうになる。一番閲覧数が多い質問を表示すると、解決済み、と書いてあった。

『タイトル：人を殺してしまいました
昨日、人を殺してしまいました。

死体は自宅の風呂場に放置してあり、腐食が進まないよう浴室に冷房をきかせています。どうして殺したのかということをここでお話ししてもあまり意味はないと思いますので、状況だけ説明します。

昨日、殺した相手（仮にAとします）が私の自宅に遊びに来ました。ちょっとしたことで言い合いになり、カッとなってしまい包丁で腹部を刺してしまいました。気が動転して包丁を抜いてしまいました（調べてわかったことなのですが、抜くことで致死率が高まるそうですね。そのまま救急車を呼べばよかったと悔《く》やむばかりです……）。これはリビングでの出来事でした。

その後、Aが死んだことに気づき、やはり気が動転して隠ぺいしようと思い、死体を風呂場に移動させました。リビングの血はふき取りましたが、すべてふき取れたか自信はありません。凶器の包丁には、私の指紋がべったりとついていると思います。あれから全く外に出ていないので、処分するという考えは浮かびませんでした。

そこで相談なのですが、私はどうしたらいいでしょうか。風呂場はだんだん臭くなり、換気扇で異臭騒ぎが起こるのも時間の問題だと思います（換気扇自体は止めてありますが、冷房って換気にもなってしまいますよね……?）。このまま見つかると、殺人だけでなく死体遺棄も疑われそうで怖いです。法律に詳しくないのに弁護士の知り合いもいません。私はどうすればいいでしょうか』

画面を下にスクロールすると、回答が出てきた。こんな状況にまで誰かが回答してくれるというのは、インターネットの、というか、人の面白いところだと思う。

『ベストアンサー：釣りですね。通報しました。』

「えっ」

私はスマホをスリープ状態にした。裏切られたような気分だった。解決してくれると、思っていたのに。

スマホをもう一度起動して、質問者について調べる。アカウントを作った日と質問をした日が同日で「人を殺してしまいました」という質問以外には、一つも質問はない。

前のページに戻って質問者からのコメントがないか確認したけれど、そんなものはどこにもなく、私はまた前のページに戻って、「人を殺した」というキーワードで引っかかる、別の質問も見漁《あさ》った。どれにも真面目な回答は寄せられておらず、私はスマホを落とすように鞄に仕舞った。

それから運ばれてきたポークジンジャーを、いただきますも言わずに黙って食べた。付け合わせのサラダはぱさぱさしていたけれど、お肉のソースをかけたらおいしくなる。お母さんはご飯を残してしまい、お皿を下げに来たおばちゃんが、お皿からご飯を手のひらに載せて池に投げた。残ったものを池に捨てるのが〝さぐらだ〟名物だった。冬でもボイラーのおかげで池は凍っていない。ご飯が落ちてきたことを知って、池の黒い鯉《こい》が集まってくる。お母さんのご飯が、池の鯉のエサに変わる。

「人が死ぬのも、こういうことだと思うの」

お母さんが、池の鯉の、多分一匹を見つめて言った。お母さんの目が揺れて動くのを、私の目も追っている。

「お母さんのご飯だったものが、鯉のエサになったでしょう。人が死ぬのも同じで、律子ちゃんのものだった律子ちゃんの命が、神様のものに戻っただけなの。お母さんが思うにね、死ぬっていうのは、命の場所が移動することだと思うの。引っ越しみたいなものかしら。だからあさひは、引っ越しのお手伝いをしただけって、考えることもできると思うの」

鯉はご飯を食べつくして、別の場所に移動している。そこにもおばちゃんが残飯を投げ入れて、水面が大きく揺れる。お母さんがさっきから何か言っているけど、私の頭には全然入ってこない。律子を殺したのは私なのに、どうしてもそれを認めたくないみたいだ。

「……でもね、現実世界では、移動のお手伝いをしたっていうだけじゃ信じてくれない人もいるの。だから、お母さん考えたんだけど」

声がして、私の手がお母さんの両手でつかまれる。

「お庭に、穴を掘らない？」

両手でつかまれた私の右手はだらしなく開いている。返事をしようと口をパクパクさせていたところにおばちゃんがやってきて、食後のコーヒーを置いていく。

私はコーヒーをゆっくりと飲み、渇いてしまった喉を潤《うるお》す。嘘をつこうとすると口の中が渇いてしまうとどこかで習ったけれど、私はこれからお母さんと、大きな嘘を作らなくてはならないことになる。

「……穴を掘って、どうするの」

声が震える。〝さぐらだ〟は空いていたけれど、私は誰かにこの話を聞かれているのではないかと気が気ではなかった。

「当たり前でしょ。律子ちゃんに、その穴に入ってもらうの。つまり、物理的にも移動してもらうの」

お母さんの目には迷いがなかった。私は目をそらして池に目をやる。しばらくぼんやりと鯉を眺めていると、お母さんがそろそろ出ようかと言った。

「お会計してくるから、先に出てて」

そう言ってお母さんは会計を済ませる。私は鯉を見ながらゆっくりと歩いてレジを通り過ぎ、店の外に出る。歩くのが遅かったせいか、店を出たのはお母さんとほぼ同時だった。

ありがとうございましたぁ、というおばちゃんのやる気のないお礼が後ろから聞こえてくる。

インターネットで見つからなかった質問の答えは、やっぱりお母さんが与えてくれそうだと思った。

「私は、どうすればいいでしょうか」

「え?」

前を歩くお母さんが振り返る。

「ううん、なんでもない」

小さい小さい私の声も、お母さんにだけは、いつも聞こえている。

家に戻ってリビングに入ると、律子は死んでいた。本当に死んでしまったのだな、と、この姿を見ると思う。お母さんがふいに振り向く。

「律子ちゃんって、一人暮らしだっけ」

「うん」

律子は地方から出てきて一人暮らしをしている。親とは大学の費用の話でもめて以来仲が悪いらしく、実家に帰ることもほとんどない。今は春休みで授業もないし、律子には彼氏もいないから、彼女のことを心配するのはバイト先の人くらいだろう。

「でも、バイトしてる」

お母さんとは以心伝心というか、言いたいことがわかる。律子がいなくなって心配する人は誰か、お母さんは気にしているのだと思った。

「バイト?」

「そう。でも旅行の間はシフト入れてないって」

「旅行の間って言うと、明日までは入ってないってことね」

それまでになんとかすればいい、と、お母さんはひとりごとみたいに呟いた。

「さっきも言ったけど、これから一緒に穴を掘って、そこに律子ちゃんを埋める。バイト先の人の中には心配する人もいるだろうけど、今どきバイトくらいいきなり来なくなる子だっているでしょう。今日中に埋めて、明日にはうちに帰る。別荘の鍵があるでしょう。あれを律子ちゃんの服のポケットに入れておきましょう。一人でいたところに強盗が来たってことにするのがいいかしら。律子ちゃんのお財布、部屋から取ってきておいて。お札を抜いてね。大丈夫。なんとかなる」

お母さんの指示に従って財布の中身を抜き取り、それから穴を掘るためのスコップを探した。最初に来たときにお父さんが買っていたものが残っていた。雪が降るかもしれないから、という的外れな理由で用意していたものだったけど、こんなときに役に立つのが不思議だった。

穴を掘ろうとしていたとき、おばちゃんの声がした。

「あれ、さっきのお客さん？」

私はスコップをおばちゃんから見えない角度に隠した。

「お店早めにしめて、散歩がてら出てきたんだけど、いやあなんだか疲れるよねぇ。年かな。ところで……」

おばちゃんは、付け足すように、笑いながら言った。

「お二人は、ここで何してるわけ?」

ぎょろっと開かれた幅広の二重瞼の向こう側に、黒曜石みたいに暗く光る黒目が、二つ見えた。私はにこにこと笑っておばちゃんが去るのを待ち、お母さんは必死になって言い訳を考えているみたいに見えた。

「これは……」

「ま、あたしには関係ないことだけどさ」

またお店来てね、ぽろっと言って、おばちゃんは通り過ぎた。お母さんと相談して、穴を掘る言い訳を考えた。

姪《めい》っ子が来るときのために穴を掘ってプールを作りたい、というのが、苦し紛れに考えた言い訳だった。まだ二月だから怪しまれるかもしれないが、意味もないよりはマシだと思った。

ここはめったに人の通る場所ではない。隣の家まで結構距離はあるし、おばちゃんが来る理由がよくわからなかった。

「おばちゃん、わざと来たのかな」

ぼうっと立っているお母さんに話しかける。お母さんはなんだか上の空で、数秒経って私に気づくと、にっこり笑って言った。

「そんなわけない。だって、あさひは失敗しない……」

話を聞いていないのだろうと思い、私はスコップを抱えるようにして穴を掘る場所まで運んだ。お母さんもなんとなくついてくるので、事務的な口調の言葉がくちびるから出てくる。

「穴、どれくらいの大きさで掘るのがいいと思う？」

「そうだね……」

お母さんはぼんやりとしていたけど、すぐに気づいて、私からスコップを受け取った。それから人が一人入るくらいの楕円《だえん》が描かれて、とりあえず掘ってみることになった。

穴を掘る作業は思ったよりも力と根気のいる作業だった。腕が痛くなるので交代制にして、一人十回掘ったら交代ということにした。でも、そうすると一回で掘った量が少なくてもいいことになってしまうから、お互いが良いと言うまで、掘り続けることになった。

「なんか」

だんだんと慣れて、リズムに乗ってきた私の声が、人気のない空間にひびく。

「うん？」

「穴掘ってると」

「うん」

「モグラになった気分」

「えー？」

なにそれ、とお母さんはとても楽しそうに笑う。私はモグラのモノマネをして、ほら、と言った。

「あ、わかった。あさひ疲れたんでしょ」交代してあげる、とお母さんが言って、私たちは代わりばんこに穴を掘り続けた。

穴が深くなってくると、どちらかが中に入って、スコップを持ち上げるほうがいいと気づいた。タイミングがよかった私が中に入って、お母さんが土を上にあげてくれた。

「お母さんだけじゃなくて、お父さんも呼べばよかった」

「うん」

「でも私が人を殺したってばれたら困るから、お父さんの記憶が消せたらいいのに」

「もう、あさひったら」

そんな会話をしているうちに、寝かせれば人が入りそうな穴が完成した。私の服は泥だらけになっていたけど、お母さんがいるから洗濯してもらえる。

「ちょっと、休憩しようか」

お母さんがそう言って、上がってくるように言った。土が柔らかいせいで滑ったけれど、なんとか上がることができた。別荘に入るとき、お母さんといるときのいつもの癖でポストを開く。ポストには何も入っておらず、私は今回ここに来て初めてポストを開けたと思った。

お母さんが二人分の紅茶を淹れてくれた。体を動かして疲れたので、お砂糖を多めに入れる。

「ちょっと休んで、暗くなってきたら埋めようね」

「うん」

私たちの会話を、律子が聞いているみたいで若干気味が悪い。何度も動かさないほうがいいだろうという理由で、死体はリビングのソファに置いてあるままだ。私たちはダイニングテーブルでおやつを食べていて、四人用のテーブルを、律子に背を向けるようにして二人並んで使っている。ホラー映画とかだと、おやつを食べに律子が後ろから近づいてきて、最後のひと口を食べようと思った瞬間に……。

「あ」

お母さんがいきなり声を出したので、必要以上にびっくりしてしまった。

「何⁉」

「日が暮れた、と思って……」

びっくりさせちゃった？　とお母さんは申し訳なさそうな顔をして言った。私は別にいいよと言うと、おやつを一気に食べる。ゆっくり食べていると律子の霊に持っていかれそうな気がした。律子が死んで悲しくないのに律子の霊は怖がるって、私はすごく都合のいい考え方をする人間みたいだ。

「じゃあ、行こうか」

お母さんはすごく落ち着いて見えた。小さいころ、お母さんとお父さんは何も怖くないのだと思っていたけれど、二十歳を超えた私は、まだ怖いものばかりだ。本当は、二人も、怖くないふりをしているだけなのかもしれない。

掘った穴は、闇に紛れてよく見えなくなっていた。ドアを開けたままにして、穴の位置を確認する。スマホのライトで照らすにはここは広すぎて、私は緊急時用の懐中電灯でお母さんの足元を照らした。

「木があるほうに、頭を置くよ。お母さんがそっち持つから」

「うん……」

はっきりとしない返事をすると、お母さんは何かを勘違いしたらしく、大丈夫、と笑ってみせる。

「あさひのためだもん。お母さん、何だってできるよ」

ほら、リビングに戻って手伝って。そう言うお母さんの声は、カレーのためのジャガイモを剝《む》いてと言うときの声と、ほとんど変わりない。でもそれは平常心を保っているからではなく、この状況を経験したことがないからだと思った。人を殺して埋めた経験がないから、今までに会った誰の表情も真似することができないのだろう。

リビングにはまだ律子がいる。上から顔を見下ろしていると、お母さんが運ぶように言った。頭は重いから、私は足を運ぶらしい。お母さんは律子の首に巻かれた縄跳びの縄を丁寧にとり、懐かしい、と呟いた。

「この縄跳び、あさひのためにネットで調べたやつだ。二重跳びが跳びやすいやつ」

「……うん」

私はお母さんの顔を見ないようにして、律子の足をつかむ。体温はなくなっていて、ちょっと臭い。尿だけでなく便も漏れているのかもしれない。できるだけ股のあたりに近づかないようにして持ち上げる練習をしてみると、お尻が地面についてしまい、腰を引きずらないと運べなさそうだった。お母さんは律子の両脇を抱えて私を待っていて、私は両膝を肩に乗せることで、ようやく運べそうな感じになった。

「持ち上げるよ」

「うん」

「せーのっ」

お母さんの声に合わせて持ち上げると、律子は思ったよりも重かった。足が太いと思ってはいたけれど、百五十センチで五十五キロはあるんじゃないだろうか。本当に重い。足がだらんとさがってしまって、うまく持つことができない。死ぬと、本当に全身の力が抜けてしまうのだと思った。

「重くない？」

お母さんが心配するように聞いてきて、私は自分の姿勢が下がってきていることに気がつく。

「大丈夫」

そう言って律子を持ち上げなおすと、いきなり彼女は軽くなった。下に下がっているほうを持つほうが重くなるのだとわかり、それからは背筋を伸ばして、できるだけ楽をするようにした。

お母さんは私が楽をしていることに関して文句を言わなかった。むしろ、私が重たがってないかだけを気にしていたので、こうして楽をすることが一番お母さんを安心させるような気がする。

今までずっとそうだった。私はお母さんに助けてもらって楽ばかりして、失敗してもこうやって助けてもらえた。

「そーっと入れるよ。あさひ、落とさないようにね」

お母さんの指示に従って、律子をゆっくりとおろしていく。最終的にお母さんが律子をお姫様抱っこするようにして穴の中に入る。

私は、ここまでできるだろうか。

「あさひ、もう放していいよ」

お母さんが人を殺したと知って、じゃあ死体を埋めようと、提案できるだろうか。お母さんの罪を、誰にも言わずに隠し通せるだろうか。

土をかぶったお母さんが、よいしょ、と小さな声を出して律子を穴の中に寝かせる。

どうして、この人は、私のためにこんなに一生懸命になれるんだろう。

私は子供を産んだことがなくて、育てたこともなくて、結婚したこともなくて、その前に人とちゃんと付き合ったこともなくて、だから、お母さんの気持ちがわかるっていうのが、ありえないことなのだろうと思う。それはわかっている。だけど、どうして私なんかのためにここまでしてくれるのか。ここまでしてきてくれたのか、私は急にわからなくなった。というか、今までずっとわかってはいなかったけど、そんなことを考えたこともなかった。お母さんがピアノの発表会に出ることはないし、受験をすることもない。お母さんに助けてもらったことはたくさんあるけど、私はお母さんを助けられたのだろうか。

疑問が残ったままお母さんのほうをじっと見ると、明るい声が飛んでくる。

「あさひ、もう大丈夫だから」

私は何も言うことができなくて、スコップを持ってこようと思った。お母さんは律子の体を寝かせられたので穴から出てくる。私は昼間に掘った土をそのまま戻すように律子を埋める。

土が完全にかぶった後、お母さんが私の頭を撫でた。

「ね、あさひは失敗していないでしょう」

私はスコップを地面に置いてお母さんに抱きつく。家の外で抱きつくのは、これが初めてのことだった。


家に入ると、リビングのソファから律子はいなくなっていた。目の前にいなくなって初めて、死んでしまったのだという実感がわく。

「夜ご飯、どうしようか」

お母さんがゆるりと笑い、私は真似して笑顔を作る。

何て言うのが、正しいんだろう。

「スーパーで適当に買ってくるね。冷凍食品とかでもいいかな」

「え」

思わず声がでて、お母さんと目が合う。

「どうしたの？」

聞かれて、私はううん、と首を振る。

「何でもない」

冷凍食品というものの存在を、お母さんが知っていたことに驚く。私の記憶では、我が家では冷凍食品が出てくることはめったになくて、いつもお母さんの手作りのものが出てきていた。クッキーだって、いびつな形だったけど、手作りの味が大好きだった。コートを羽織《はお》ったお母さんが振り向く。

「一緒に行く？」

「ううん、大丈夫」

律子の死体があった方向を向くと吐き気がした。だけどもう律子の体はなくなっていたから、怖いと思わなくなっている。

「あのへん、拭いておこうかな」

「無理しないでよ？」

お母さんは心配そうに言って、そのまま出かけた。

律子がいた場所のあたりを掃除しようとしたけど、なんとなくやる気が出ない。嗅いだことがあるようでないにおいが漂っている。換気をしようと思いキッチンに向かう。換気扇を回して、それから家の窓を開けた。周りに人が住んでいたら問題になるかもしれないけど、このあたりに別荘を持つ人は避暑地としてここを使っている人ばかりで、二月にここに来る人はほとんどいない。

私はこれからどうなるんだろう。律子が死んでから、もうすぐ丸一日になる。あっという間だったような気もするし、すごく長かったような気もする。もう律子にお金をせびられることはないのだと思うと心が軽くなり、自分が人を殺したことを思い心が重くなる。

結局、律子のいた場所を掃除することはできないまま、お母さんが帰ってきた。

「ただいまー」

外は風が吹いていて、マフラーをして行かなかったお母さんは寒そうに見える。

「外、寒くなかった？」

「まあ、冬だからね」

優しい笑顔を見て、私も一緒に笑う。お母さんの手にあったレジ袋を、ありがとう、と言ってキッチンに運ぶ。ヨーグルトを冷蔵庫に入れていると、後ろからお母さんの声がする。

「お母さんいない間、何かあった？」

「ううん、何も」

「そう」

安心したような顔がキッチンの入り口に見えた。お母さんは袋の中を指し、いたずらっぽく笑う。

「冷凍のピザを買ってきたの」

「あ……。そうなんだ」

「普段そういうの食べないし新鮮かなって」

「そうだね」

私の手は止まっていて、お母さんが代わりに片付け始める。

「どうかしたの？」

「いや……」

昨日の夜ご飯に律子と食べたのも冷凍ピザだったけど、ごみは捨ててしまったし、私が食べたということがお母さんにばれるはずはない。お母さんが買ってきたのは昨日食べたのとまったく同じものだったし、昨日まで律子がいた場所を眺めながら食べるのはあまりいい気分ではなかったけれど、このあたりでは夜ご飯を食べられるお店はない。

時計を見るともう八時半で、夜ご飯を食べようと言われた。

昨日と同じような手順でピザを解凍し、それから昨日はなかったサラダを作り、途中で換気していた窓を閉じた。お母さんと一緒にキッチンに立っているのが、不思議なことに思える。ミニトマトが切られて、汁が出て、グチュ、と音がする。律子から意識をそらそうとすると、変なものに意識が向いてしまう。

「ちょっとトイレ」

そう言ってしばらくトイレにこもっていると、出るころになってトイレットペーパーがなくなっていたことに気づく。小さなレースのカーテンを開けて中から一つ取り出し、芯に新品のものをセットする。手を動かしていると安心するのだと気がつく。

キッチンに戻ると、ピザが焼けるまであと一分になっていて、サラダを食卓に運ぶ。律子がいた場所は見ないようにして、食卓に並べていく。フォークを用意すると、インスタントのスープも買ってきたとお母さんが言ったので、スプーンをフォークの横に添える。

ご飯を食べているとき、私たちは何も話さなかった。やっぱり今日は長い一日だったと思ったが、お母さんもそう思っているのだろうか。私が律子を殺したと知っても、お母さんは私を責めなかった。なぜこんなことをしたのかと叱《しか》らず、ただ黙って失敗をなかったことにしてくれた。どうしてここまでしてくれるのだろう。どうして私を叱らないのだろう。

そういえば、私は今まで、お母さんに叱られたことがない。

「ごちそうさま」

お母さんの声が聞こえた。私はまだピザを食べている途中だった。スープとサラダはなくなっていた。

「先片付けてるね」

お母さんが笑った。私も真似をして笑顔になって、お母さんがいなくなってから真顔に戻す。お母さんがいた席にはもう誰もいなくて、一人でご飯を食べているみたいだ。

しばらくして私のピザもなくなったので、食器をキッチンに運んだ。お母さんはお皿を拭いて片付けているところだった。

「手伝う」

「ありがとう。じゃああさひはお皿を洗ってくれるかな」

「わかった」

さっきまで使っていたお皿に泡をつけて、スポンジで擦る。すると汚れが落ちて、水ですすぐと使う前の状態に戻る。お母さんが私の失敗を消してくれたように、私もお皿の汚れを落として、なかったことにする。お母さんは片付けが終わったのか私の隣でどこかを見ながら立っていて、私はそれに気づかないふりをして皿洗いを続けた。

「ねえ、あさひ」

お母さんが私の目を見ずに言った。

「何?」

「あさひは、どうして……」

お母さんの言葉の語尾が、しぼむように小さくなる。

「どうして?」

聞き返すと、お母さんは気まずそうに目を伏せた。私はお皿洗いが終わり、スポンジを置いてお母さんが話すのを待つ。

「紅茶、淹れようか」

お母さんが黄色いティーバッグの箱を戸棚から取り出し、お湯を沸かし始めた。さっき洗ったマグカップ二つを調理台に置き、それぞれにティーバッグを入れる。

お湯が沸くまで何も言えず、二人でいたのに誰もいないみたいに静かだった。お母さんは何を聞こうとしたんだろう。

紅茶のカップを持って、私たちはまた食卓に戻った。お母さんはクリープを入れて混ぜていて、私はストレートで飲むことにする。

「お母さんには、隠し事をしないでほしいの」

「え？」

「私たち、これまでもうまくやってきたじゃない。仲良く、失敗しないで、やってきた。失敗しないで、やってきた」

そう言うと、お母さんは自分の左腕をチラッと見た。

「火傷の跡、大丈夫？」

「ううん、大丈夫」

「ならいいけど」

「あさひ」

お母さんのまっすぐな目が、真っ黒な目が、少しも動かずに、私を見ている。

「どうして、律子ちゃんを……殺したの」

言い終わり、お母さんはくちびるを少しだけ噛む。初めて見るしぐさだった。

「ごめんなさい」

「謝ってほしいんじゃないの。お母さんは、あさひがどうしてそんなに辛かったのかを知りたい。苦しかったのかを知りたい。そしてそれを全部取り除いてあげたい。だってそうでしょう？辛くもないのに人を殺したりしない。苦しくないのにその理由を黙ってたりしない。だから教えて。なんで律子ちゃんを殺したの」

何も言えなかった。お母さんは、私がなぜ律子を殺したのかも聞かずに、死体を埋めるのを手伝ってくれた。律子と何があったのか。どうしてこうなったのか。そういうことを、何も聞かずに、私の失敗を消してくれた。だけど、律子を殺した理由を話したら、翔太くんのことも話さないといけない。妊娠して、中絶したことをお母さんに話さないといけない。私の生理の周期まで把握して、いつどこに誰といるかを気にして、男の子といると話すと窘《たしな》めてくるお母さんに話さないといけない。話せない。話せるわけない。お母さんに殺した理由を話すことは、私にとって死ぬことと同じだ。

「……ごめん」

「言えないの？」

お母さんにやさしく問いかけられる。もう一度謝り、謝ってほしいわけじゃないとまた言われる。

「あさひが一人で抱え込んでるんじゃないかって、お母さん心配なだけなの。もしもこんなことになった理由がわかれば、ほら、正当防衛とか、いろいろ、あさひのことを助けられるかもしれないじゃない。お母さん、あさひの力になりたいの」

私たちはもう、死体を埋めてしまったけれど、大丈夫なのだろうか。律子に攻撃されてないのに正当防衛が認められるわけはない。片方の頭で冷静に思いながら、もう片方の頭で紡いだ言葉を少しずつ体から出していく。

「まだ、混乱していて。気持ちとか、状況とかを、整理するのに、時間がかかるから、明日。明日、話す、のでもいいかな」

言い終わると、お母さんが立ち上がり、私の席まで歩いてくる。何をされるのだろうと思って一瞬身構えたら、ふわっと抱きしめられた。ゆっくりと背中に腕を回すと、お母さんの優しいにおいがした。

「ありがとう」

お母さんの声は震えていた。

「あさひが言える準備ができたらでいいの。言おうとしてくれて、ありがとう」

こんなに私のことを思ってくれる人は、いないだろうと思った。今後現れることもないだろう。

「すぐに言えなくて、ごめんなさい。明日話して、それから、ちゃんと……」

うつむいて言うと、お母さんは私の頭を優しく撫でてくれた。私はそのまま眠りについてしまいたくなる。優しくて、柔らかいお母さんの手。どうして、お母さんはいいにおいがするんだろう。

軽くシャワーを浴びて、眠ることにした。一人で眠るのが怖いと言うと、お母さんは私が眠りにつくまで、ずっと、私の頭を優しく撫でてくれた。あさひは失敗しないと、時折呟きながら。眠れる気がしなかった。それでも、お母さんの優しいにおいと優しい手を感じると、だんだんと目があたたかくなってくる。それから足があたたかくなり、手があたたかくなり、気がつくと私は眠りについていた。こんなに気持ちよく眠れるなら、毎日お母さんに撫でてほしいくらいだ。

次に目を覚ましたとき、まだ外は暗かった。お母さんはもう、私の部屋にはいなかった。スマホを見るとまだ、朝の四時だった。


布団を頭までかぶっても、なかなか眠ることができなかった。お母さんにどう説明しようか、ずっと頭の中で考えていた。

私はときどき、私のことがわからなくなる。

何をしたいのかわからない。何が正しいのかわからない。

――あさひは失敗しない。

あの言葉があったから。お母さんに言われたから、私はずっと、失敗しないことだけを考えて生きてきた。

私が何をしたいのか、何が好きで何が嫌いで、どういうふうに生きたいのか、そういうことを、自分に聞かないで、誰か、正しい人に聞こうとした。

今まで、それでうまくいっていた。クラスで目立っていじめられることはなかったし、そのときどきで仲のいい友だちがいたし、ドロップアウトもしてこなかった。

だけど、恋愛だけは、それじゃだめだった。

セックスをするのだって、正しいやり方がわからないから怖いし、だけどみんな捨てているみたいだから処女は捨てておきたい。

だから、眠っている間に処女を喪失するというのは、私にとって理想的なシチュエーションだった。

私は自分の行動に、自信が持てないのだ。

この世界には絶対的に正しい選択肢が存在すると思っているから、自分の気持ちが邪魔だった。邪魔な気持ちを無視しているうちに、自分が本当に何を考えているのかわからなくなった。

失敗しないで生きるために、私には翔太くんが必要だった。お母さんには話せない、あの秘密が必要だった。

どうして、こんなに失敗するのが怖いんだろう。失敗しちゃいけない、正しくなきゃいけないと、思ってしまうんだろう。そう思わなければ、私は自分の声を聞いて、自分の行動に責任を持とうと思ったはずだし、ほかの人に何を言われても気にしなかったのに。

初めてのピアノの発表会で、ミスをしないで弾けて、お母さんが褒めてくれてオルゴールまでくれて、私はとても嬉しかった。もっとお母さんの笑った顔を見たいと思った。お母さんの前で、失敗したくなかった。

「お母さんの前で……」

ようやく、わかった。

お母さんの前で、失敗したくなかったんだ。

私にとっての毎日は、あのときのピアノの発表会のようだった。みんなから浮かないような服を着て、みんなから浮かない曲を弾いて、決められたとおりに歩いてお辞儀をして、ライトにずっと照らされて。

そしてずっと、お母さんに見られていた。

一人でいても、私は一人じゃなかった。心の中にはお母さんがいて、あのおまじないをかけてくれていた。

「あさひは失敗しない」

あれは、本当におまじないだったのだろうか。

私を助けてくれる、おまじないだったのだろうか。

あの言葉をかけられ続けたから、私は、失敗してはいけないと思うようになった。失敗したら、お母さんに嫌われてしまうと思った。

お母さんがいる限り、私は一生、失敗することができない。

改造した縄跳びを買ってくれたように、律子を埋めてくれたように、私の失敗を、お母さんがなかったことにしてしまう。

お母さんの世界で、私が、失敗しないように。

失敗した私を認められないのは、私だけじゃなかった。

お母さんも、私の失敗を認められない。

いや、違う。

私の失敗はお母さんの失敗になる。

だから、お母さんは私の失敗を認めない。

私の育て方を、間違えたと思わないために。

お父さんに育ててもらったと思ったことは一度もない。お父さんはお金をくれるけれど、お金以外はなにもくれない。正しいことを教えてくれない。お母さんの後ろに隠れて、私の味方のふりをして、責任を取らずに、楽しいことだけをしようとしている。

私は、お父さんの前でなら、失敗しても気にしない。それは、ぬいぐるみの前で練習すると緊張しないのと同じ理由。

お父さんは、私のことを見ているようで、見ていない。

翔太くんとのことも、お父さんになら話してもいいかもしれない。というかばれても、私は全然気にならないと思う。知らない人にどう思われても、何とも思わないのと同じ。だけどお母さんは違うから。世界でただ一人、私のことを見てくれているから。私のことを考えて、私のことを怒って、私のことを励ましてくれるから。

そんな人を裏切るような失敗をしたなんて、絶対にばれてはいけない。

自分の声を聞くことができずに、周りの声ばかりを気にする私は、またきっと失敗する。こうあるべき、という透明な声に流されて、お母さんを悲しませるようなことをしてしまう。それをお母さんから隠すために、また失敗を重ねて、重ねて。

この舞台から降りたい。

ライトがまぶしくて窮屈な、この舞台から降りたい。

ふと、観客席を見ると、お母さんが一人、座っている。

お母さんが一人、座っている。

私が舞台に立つ理由、失敗してはいけない理由。

やっぱり、悪いことをしたのだから、それを認めて、罪を償わないといけない。罪を償って、謝って、許してもらわないといけない。このまま隠し通すことはきっとできない。これ以上お母さんに迷惑をかけるわけにはいかない。

自首しよう。

そう決めると、不思議と心が軽くなった。このことを誰かに話して、罪を認めてもらいたい。

そうしたら私は、生まれて初めて、ちゃんと失敗したことになるのだと思う。お母さんの手を借りずに、自分の力で失敗できる。

スマホはまだ四時半だと表示していたけど、もう眠りたくはなかった。ベッドから出て、昨日穿いたのと同じワイドパンツを穿き、上もニットに着替える。外で物音がした。気味が悪かったけどお母さんはまだ寝ているだろうから、後で様子を見に行こう。

キッチンで水を汲《く》み、コップ一杯分を一気に飲む。あのときのファジーネーブルを思い出して、飲み会に参加しなければよかったのだろうかと一瞬思った。もう一杯水を飲み、トイレに行き、食卓椅子に一人で座る。また物音がしたので玄関の鍵がかかっているかどうか確認しようとリビングを出る。

玄関の鍵は開いている。お母さんが履いてきた靴がなくなっていた。

「お母さんだったんだ」

安心して私もムートンブーツを履いてドアを開ける。お母さん、と小さい声で呼び掛けながら外を見る。玄関のドアを閉めて、律子を埋めた場所を見にいくと、土が誰かによって掘り起こされた跡があった。

近くに置いてあったスコップを使って穴だった場所をもう一度掘り返す。だけど昨日あった律子の死体はもうなくなっていて、誰がこんなことをしたのだろうと思うと怖くなった。

離れのほうに目をやると、お母さんが倉庫の鍵を閉めている。何か探し物でもあったのだろうか。

「お母さん」

呼ぶと、大好きなお母さんが私を見て笑う。

「あさひも起きてたの。まだ寒いしお家に入ろう」

「でも、律子の体が……」

「大丈夫。ほら」

お母さんに連れられ、私たちはまた別荘に戻った。


二人分の紅茶を淹れてくれたお母さんは、早起きは三文の徳だと言って笑った。私は律子の体がなくなっていたことに驚いたままで、うまく話をすることができない。

「あさひは何してたの？」

「律子の体がなくなってて、それで」

「ああ……」

お母さんはクリープを紅茶に入れて、私にも勧めてくれる。大丈夫と答えると、にっこりと笑った。

「あれは、夜のうちに移動しただけ。私たちはいつまでもこの別荘にいるわけにはいかないんだし、犬が掘り起こさないとも限らないでしょ。あさひは疲れてるだろうから、一人でやっちゃった」

「そっか……」

クリープもお砂糖も加えなかったけど、ティースプーンで紅茶を混ぜる。カラカラ、という音がして、紅茶に部屋の埃《ほこり》が混ざっていくような気がする。

「私ね、自首しようと思う」

お母さんの目を見て言おうと思ったのに、お母さんは紅茶を見ていた。

「自首して、ちゃんと罪を償って、失敗を認めて……。ちゃんと、自分の失敗の責任を、自分で取りたいの」

「あさひ……」

お母さんは名前を呼んだきり黙ってしまった。私も何を言ったらいいのかわからなくて、紅茶に口をつける。

「少し眠ろうか」

お母さんに言われ、私たちはそれぞれ寝室に戻り、また眠りについた。

次に目が覚めたときにはもう外は明るくなっていて、スマホを確認すると九時だった。

最初のバスは十時半ごろに出るから、今から支度《したく》して、警察に行こう。

リビングに向かうと、お母さんはすでに起きていた。

「あさひ、よく考えたんだね」

二つの目が、私を見ている。

「お母さん、本当に偉いと思うよ」

「ありがとう」

「だけどね」

強い口調で言われたので、私はお母さんの目をじっと見る。

「もう律子ちゃんはいないでしょう？　どうやって自分が殺したって説明するの？」

「どこかに移動させてくれたんじゃないの？」

「そう。だけど、あさひはその場所を知っているの？」

「知らない」

「じゃあ、一緒に外に出て、探そうか。お母さんと、探そうか」

お母さんが何を言っているのかよくわからない。だけど断ることはできなくて、玄関で靴を履いて、また外に出る。朝になっても人通りはなくて、ここは自分の家ではないのだなと実感する。律子の体を探さないと。だけど本気で私に探させようとしているのだろうか。

「ねえ、お母さん……」

呼びかけると、お母さんは私が言い終わる前に、

「律子ちゃんはもういないの。あさひは失敗しないの」

と呟くように言った。どうしたの、と恐る恐る近づく。

「あさひは失敗しない。どうしてわからないの？」

お母さんが私の肩を両手でつかみ、どうしてわからないの、と繰り返す。怖くなってお母さんの手を振りほどき、離れのほうに走る。お母さんはさっき倉庫にいたから、律子を倉庫に隠したのかもしれない。灰色の倉庫の扉を引くと、鍵はかかっていなかった。

次の瞬間、後ろから突き飛ばされて、目の前が暗くなった。


朝なのに、倉庫の中は真っ暗だった。中は離れと同じくらいひんやりとしていて、ニットにワイドパンツにコートの今日の格好は正しかったなと思った。助けて、と叫ぼうかと思う。すぐに、お母さん以外には聞こえないだろうと諦めるような気持ちがわいてくる。

「お母さん」

戸の外に声をかけてみる。お母さんがまだ外にいるのか、もういないのかはわからない。

「お母さん……」

誰にも届かないと思うと、叫ぶ気力もなくなる。戸を開けようとしてみるけれど、びくともしなかった。鍵がかけられている。

暗くて何もわからない。前に引き戸があり、すぐ右には倉庫の壁がある。左側にはもう少しスペースがあるのか余裕があったけど、手を伸ばすのは怖い。

ポケットからスマホを取り出し、ライトで戸のあたりを照らす。急に暗くなったり明るくなったりして目眩《めまい》がする。立ち上がる気にはなれない。

左側に柔らかい感触があって、鳥肌が立つのがわかった。体をできるだけ右のほうに寄せ、ゆっくりとライトを左側に向ける。

どうして。

声が出なかった。思わずライトを消した。倉庫の左側には、律子がいた。律子の体があった。急に鼻が機能を取り戻したみたいに働き始めて、律子のにおいに吐き気がしてしまう。気持ち悪い。早くここを出たい。

「お母さん」

誰もいる気配がないけれど、お母さんに会いたかった。もしかしたら何かの間違いかもしれない。あさひ、どうしたのって言って、ここからすぐに出してくれるかもしれない。

「お母さん、助けて」

さっきよりも小さい声が出た。こんな大きさじゃ、誰にも届かない。きっとまた、誰も答えてくれないと思った。

「あさひ、お母さんはあさひを助けようとしてるんだよ?」

「え……？」

お母さんの声だ。大好きな、お母さんの声だ。どんなに小さい私の声も、ちゃんと聞いてくれるお母さんの声だ。

「あさひは失敗しない、そうでしょう?」

声は目の前から聞こえる。倉庫には隙間がないから顔は見えないけれど、目の前で話されているような感覚だった。

「これまで、ずっと、あさひは失敗しないでやってきたじゃない。お母さんと一緒に、一度も、失敗しないでやってきた。それなのにどうして、自首するなんて言うの? せっかく死体も隠したのに、どうして探そうとするの? 縄跳びのときもそうだった。お母さんは誰にも見せちゃダメって教えたでしょう? どうしてお友だちに見せたの? いつもあさひのことだけを考えて助けているのに、どうしてわかってくれないの? あさひは失敗しない子なの。正しい子なの。お母さんの気持ちを、どうしてわかってくれないの?」

「死体を隠してなんて、言ってない。私は、ちゃんと失敗したかった。失敗させてほしかった。失敗して、それを自分で乗り越えたかった」

「あさひ……」

「ピアノの発表会のときだって、私は失敗するのが怖くて、正しい選択をしたくて、曲選びも衣装選びも、私の気持ちを考えたことはなかった。ピアノを習いたいって、私言ったっけ? 言ってないよね。お母さんが習ってたからなのかなんなのか知らないけど、どうしてそうやって私をいつも閉じ込めるの？」

「閉じ込めたりなんか……」

「私この前初めて飲み会に参加したの。お母さんが男の子と遊ぶなって言うから我慢してたけど、男の子もいる飲み会に行ったの。だけど飲み会なんて初めてだったから全然うまくいかなくて、本当に嫌だった」

「じゃあうちに帰ってくればよかったじゃない」

「そういうのを閉じ込めてるって言うんだよ！」

声が倉庫の中で響く。少しして、お母さんになんてことを言っているのだと思い息が止まる。

「私はただ、あさひに、なにかよくないことが起きてしまう可能性があるのなら、それを全部取り除いておいてあげたいだけなの」

お母さんはそう言って、どうしてわかってくれないの、と小さい声で言った。

唾を飲み込む。喉がごくりと鳴る。私はもうお母さんから離れないといけない、と灰色の箱の中で思う。

「なんで……」

「え……？」

「なんでいつも、勝手に取り除いちゃうの？　私の近くにずっと張り付いて監視して、危ない物があったら全部どけちゃうの？　律子の体だって、私がやったことは取り返しがつかないんだから、なかったことにするなんてできないのに、どうして勝手に隠そうとするの？　おかしいよ……」

　呟いたところで、自分に自信がないことをお母さんのせいにしようとしているのだと気がつく。お母さんから離れないといけないのに、私は結局お母さんに甘えている。

「とにかく、今日はここにいなさい。これからのことはあとで話し合いましょう」

「話し合うことなんてない。私はちゃんと……」

　砂利を踏む音がした。お母さんが遠くに行ってしまう。真っ暗な中に一人取り残されて、隣に律子がいることをまた思い出す。数日前まで友だちだったはずの体には、もう中身がないみたいで空っぽなのに存在感があって、私は女の人の体が嫌いだと思った。

　あさひは失敗しないと言われて、正しい道を選び続けたはずだった。だけど正しいと思っていた道には私の気持ちは一つもなかった。正しい友だちをお手本にして生きてきたけれど、私には私がなかった。お母さんにだけ見えている型抜きのフレームに合わせて、自分の正しくない部分を少しずつ削っていくような毎日だった。

　スマホは昨日充電し忘れたせいでバッテリーが半分もない。たまに時計として見るだけにして、できるだけ使わないようにした。

外は寒くて、太陽の光はあまり強くなかった。見えないけれど、ここが暖かくならないということは、外も寒いのだと思う。

スマホを見るとまだ十時で、あまり時間が経っていないことにぼんやりと驚く。画面をつけたまま倉庫の底に伏せると、何か文字が書いてあるのが見えた。

体勢を整えて、文字をよく照らして見てみる。律子の死体はおとなしくて、この状況に慣れている自分がおかしい。

「おかあさん　たすけて」

文字を読み上げて、背筋がじんわりと冷えていくのを感じた。それからすぐに熱くなって、どういうこと、と呟く。文字の周りは倉庫の灰色じゃなく濃い茶色になっている。焦げた鍋《なべ》の底みたいな色だった。

私はここにいたことがある、と、そのとき急に思い出した。

小学一年生のころの夏休み、私はここに来たことがある。

――悪いことすると、閉じ込められちゃうかもよ？

おばあちゃんの声を思い出す。あのときこの倉庫を見て、確かにおばあちゃんは言った。

――離れにおいてある楽譜を取りに行こう？　休憩中に見たくなるかもしれないし。

おばあちゃんに手を引かれ、離れのほうに歩いていくと、倉庫の引き戸が開いていた。さっきまで閉まっていたのに、どうしたんだろう。考えたところで、体が急にふわっと浮いた。声を出したときにはもう遅くて、おばあちゃんは私を抱えて倉庫に連れて行った。本当に怖いとき、人は声が出ないのだと私は思った。倉庫に下ろされて、おばあちゃんに手を伸ばしたところで戸が閉められて鍵をかけられた。中にも鍵穴があったけど、私は鍵を持っていなかった。まだお昼なのに、倉庫の中は真っ暗だった。中は離れと同じくらいひんやりとしていて、長袖に長ズボンの今日の格好は正しかったなと思った。別荘に来てから、初めて泣いた。私は夜まで、倉庫に閉じ込められた。

だけどお母さんが私をここに閉じ込めたことはないし、おばあちゃんに閉じ込められたという話は誰にもしていない。話さなすぎて、忘れてしまうほどに。

じゃあ、この「おかあさん」は誰なんだろう。

どうしてここだけ、焦げたみたいになっているんだろう。

スマホのライトを消して、私は体育座りになる。私は小学生のとき、おばあちゃんに閉じ込められた。今日、お母さんに閉じ込められた。私にとってのお母さんはお母さんで、じゃあお母さんにとってのお母さんは。

――火傷の跡、消えないの？

いつか私が言ってしまった言葉。お母さんの左腕にある、大きな火傷の跡。小さいころにできた、消えない火傷の跡。どうしてできたのか教えてくれなかった、火傷の跡。

お母さんに閉じ込められたって言うと口にしたときの、おばあちゃんの動揺。

あのとき、おばあちゃんにもらった、倉庫の鍵。

あの鍵があれば。

あの鍵があれば、私はここを出ることができる。

ポケットをまさぐると、銀色の鍵が入っていた。昨日見つけた鍵だ。

バッハのメヌエットが流れるオルゴールの中の人形が外れて、あらわれた別のネジ。音楽を鳴らすためのものとは、別のネジ。閉め方がわからなかった隠し扉に入っていた、家の鍵とは違う鍵。

「じゃあ、この鍵って……」

小学生のころ、オルゴールの中にある隠し扉に、おばあちゃんからもらった鍵を入れた。おばあちゃんからもらった、倉庫の鍵を、私は入れた。

スマホのライトで文字をもう一度照らす。「おかあさん　たすけて」の文字と、焦げた跡。お母さんのお母さんは、おばあちゃんだ。ここに書いてある「おかあさん」はおばあちゃんだ。おばあちゃんが、私を閉じ込めたときのように、お母さんのことも閉じ込めたんだ。お母さんの火傷はきっと、ここでできたものだ。だからおばあちゃんはお母さんの名前を出したら慌てたんだ。自分がまた、間違ったことをしているのをバラされると思ったから。

だけど今日、お母さんは私のことを閉じ込めた。二十年以上育ててきた中で一度も使わなかった、自分が母親に閉じ込められた倉庫に、私を閉じ込めた。きっと今ごろ後悔しているだろう。どうして繰り返してしまうんだろう。どうして繰り返してしまうんだろう、と。

閉じ込められたと思っていた。ここから出られないと思っていた。だけど、私はここから出ることができる。そしてお母さんの手が届かない場所まで、逃げてみせる。一人で、お母さんに頼らず、ここを出てみせる。

私がこの繰り返しを、終わらせる。

エピローグ

——ヘンゼルとグレーテルに出てくるお菓子の家の魔女って、実は母親なんだって。

鍵が開いた音がした。律子の声が、頭に響く。

私はグレーテルみたいに、お母さんを殺すことはできなかった。

ゆっくりと引き戸を開く。がら、と音がして、ぬるい光が差す。眩《まぶ》しくて目を瞑り、少しずつ目の前の風景を確認する。離れのカーテンは閉まっていて、誰もいないようだ。外にもお母さんの姿はないから、きっと母屋にいるのだろう。

繰り返しを終わらせるために、私はここから逃げる。お母さんから逃げる。逃げて、自分の失敗を認める。私の失敗ごと、私を認める。

倉庫を出て、ポケットにスマホが入っているのを確認し、母屋の前を通り過ぎる。もう、お母さんに頼ったりしない。最初は歩いていたのが段々と足の動きが速くなり、門を出るときには少しだけ走っていた。全速力で逃げたりはしない。遠くに行かなければいけないのだから。ここからが長いのだから。

白樺別荘地を出て、鬼押出し園停留所まで向かう。バスは来るのだろうか。

バス停が見える。時刻表の平日の欄を確認すると、やはり最初のバスは十時三十五分だった。スマホを見ると十時半で、すぐにバスが来た。スマホケースをパスケース代わりにしておいてよかった。後ろの席に一人で座り、何も持たずにいることがおかしくなる。軽井沢駅は終点だから、このまま眠ってしまっても大丈夫だ。

私は今まで、失敗しない私のことしか認められなかった。あさひは失敗しない、その言葉は、最初はおまじないのように私を守ってくれた。だけどだんだん、私はその言葉のせいで苦しくなっていった。失敗した私は私じゃないと、そのままの自分を認めることができなかった。

童話だったらきっと、グレーテルがそうしたように、私がお母さんを殺すのだろう。だけど私はお母さんを殺すことができない。お母さんの言葉が私の一部になって私から切り離すことができないように、お母さんの体も私の一部みたいなものだから。お母さんを殺すということは、自分を殺すのと同じことだから。私とお母さんは境界線があいまいで、気づくと私はお母さんに支配されていた。それはきっとおばあちゃんとお母さんも同じ。だから今日、お母さんは自分がされたことを私にもしてしまったのだ。おばあちゃんが慌てるくらいに嫌だった出来事を、私にも経験させてしまったのだ。あの倉庫の鍵を私が開けたことに、お母さんはきっとショックを受けるだろうけど、少しだけ安心するのだと思う。きっとお母さんは私を閉じ込めてどこにも行かないでほしいと願っておきながら、早く出ていってほしいとも願っているのだと思った。相反する二つの願いが、私たちの関係を難しくしているのだ。

軽井沢駅に着いたら、いまある残高では東京に行けないから、近くの交番に行ってみよう。それか公衆電話で一一〇番通報でもしてみようか。

全然楽しくないことのはずなのに、私は少しだけ心が軽くなっているのを感じる。それは私にとって、人生で初めての自分で下した決断だったからなのだと思う。

窓の外の景色の様子は先ほどからほとんど変わっていなかった。静かに窓を開けると、外の風が吹き込んでくる。

私はお母さんから逃げきることができるだろうか。スマホを取り出して電源を切り、小さな声でいつものおまじないを唱えた。

「あさひは失敗しない」

本書は、書き下ろし作品です。

この物語はフィクションであり、
実在するいかなる場所、団体、個人等とも
一切関係ありません。

真下みこと（ました・みこと）

1997年埼玉県生まれ。早稲田大学大学院に在学中。
2019年『#柚莉愛《ゆりあ》とかくれんぼ』で
第61回メフィスト賞を受賞し、2020年デビュー。
本作が受賞後第１作となる。
小説家とシンガーによるボーダレスデュオ
「茜さす日に嘘を隠して」（アカウソ）にて、
歌詞と小説の執筆を担当。

あさひは失敗《しっぱい》しない

二〇二一年十月二十一日　第一刷発行

著者　真下《ました》みこと

発行者　鈴木章一
発行所　株式会社講談社
〒一一二-八〇〇一　東京都文京区音羽二-一二-二一
電話　出版　〇三-五三九五-三五〇六
販売　〇三-五三九五-五八一七
業務　〇三-五三九五-三六一五

本文データ制作　講談社デジタル製作
印刷所　豊国印刷株式会社
製本所　株式会社国宝社

ISBN978-4-06-524958-1
N.D.C.913　190p　19cm

KODANSHA